가프 현대 판타지 소설

MODERN FANTASTIC STORY

밥도둑 약선요리王

밥도둑 약선요리王 4

가프 현대 판타지 소설

초판 1쇄 찍은 날 § 2019년 4월 17일
초판 1쇄 펴낸 날 § 2019년 4월 24일

지은이 § 가프
펴낸이 § 서경석

총괄팀장 § 최하나
편집책임 § 최광훈

펴낸곳 § 도서출판 청어람
등록번호 § 제387-1999-000006호
등록일자 § 1999. 5. 31
어람번호 § 제1-3016호

주소 § 경기도 부천시 부일로 483번길 40 서경B/D 3F (우) 14640
전화 § 032-656-4452   팩스 § 032-656-4453
http://www.chungeoram.com
E-mail § chungeorambook@daum.net

ISBN 979-11-04-91974-9 04810
ISBN 979-11-04-91945-9 (세트)

가프 현대 판타지 소설
MODERN FANTASTIC STORY

밥도둑
약선
요리
王 _왕

4

도서출판 청어람

밥도둑

약선

요리

王왕

목차

1. 치통도 못 말린 궁중설야멱

인후통!

목이 아프다. 요리는 그 목으로 넘어간다. 목이 아프고서야 천하일미도 귀찮을 일이었다. 그런 사람이라면 미음이나 죽이 최고였다. 하지만 행장은 고기를 좋아한다.

고기가 먹고 싶은 황제.

만약 그런 상황이라면 대령숙수들은 어떻게 처신할까?

이윤과 권필은 어떻게 할까?

그 답이 바로 건너왔다.

―가물치 쓸개.

―도라지와 감초.

두 가지가 답이었다. 가물치 쓸개는 당장 구할 수 없었다. 하지만 도라지와 감초는 넉넉했다.

창고 문을 열었다. 두 개의 약재를 같은 분량으로 집어 들고 나왔다.

톡!

다릴 물 양을 잡고 요수와 생숙탕을 한 방울씩 떨구었다.

9번 초자연수 생숙탕은 음양의 조화를 이루어주는 음양탕이다. 조금 짭짤하지만 소화를 돕고 숙취 제거에도 탁월하다. 남자들이니 몸에 남은 숙취가 있다면 그걸 해소하고 장년의 몸에 음양의 조화를 이루도록 돕는 선택이었다. 인후통의 느낌과 농도를 맞추니 보기에 좋았다.

도라지와 감초가 뭉긋이 끓는 동안 채끝살과 염통을 준비했다. 안심도 부드럽지만 이따금 질긴 지방이 낄 수 있기에 채끝을 택했다.

섬유질과 직각이 되도록 가지런히 썰어 편을 만들고 칼등으로 두드려 육질을 부드럽게 만들었다. 그 위에 뿌린 건 배즙과 양파즙이었다. 대개는 파인애플이나 키위도 많이 쓰지만 손대지 않았다. 약선 개업이니 가급적 한국형 재료에 충실하는 민규였다.

설야멱.

1715년의 산림경제 치선(治膳)편에 '설하멱적(雪下覓炙)'이라는 요리가 등장한다. 레시피를 살펴보면……

1) 쇠고기를 저며 칼등으로 두들겨 연하게 만든 뒤 꼬챙이에 꿰어 기름과 소금 간을 해 꼭꼭 눌러 재워둔다.

2) 양념기가 흡수되면 뭉근한 숯불에 굽는다.

3) 고기가 익으면 물에 담갔다가 바로 꺼내어 또 굽는다.

4) 이렇게 세 차례를 반복해 구운 후에 마지막으로 참기름을 발라 다시 구우면 타지도 않고 연한 맛이 일품이다.

소고기 외에 염통도 같은 방법으로 요리한다. 양념이 배인 고기에 묽은 풀을 발라 구운 후에 밀가루 풀을 벗겨내며 굽기도 한다. 핵심은 직화구이면서 태우지 않는 것, 속까지 고루 익히기 위해 찬물에 담가가며 굽기를 반복한다는 점이었다. 이 요리는 조선시대에 이르러 너비아니로 이어졌다.

고기 준비가 끝났다. 간이 스며들 동안 숯불을 피우고 인후통을 위한 차를 잔에 따랐다.

"도라지차입니다. 한번 마셔보시겠습니까?"

차를 행장 앞에 내놓았다. 행장은 냄새를 음미하더니 차를 살짝 맛보았다. 입에 맞자 조금 더 마셨다. 그렇게 잔을 비워낸 행장이 큼큼, 목청을 다듬었다.

"응?"

행장의 손이 목으로 향했다.

"큼큼!"

"행장님."

"이상하네? 목 아픈 게 감쪽같이 가라앉았어."

행장이 고개를 들었다. 그 표정은 환하게 변해 있었다.

"이게 대체 무슨 차요? 무슨 차길래 인후통이 한 방에?"

행장이 물었다.

"도라지 약선차입니다. 다행히 제가 맞춘 약선 농도가 행장님과 잘 맞아떨어진 거 같습니다."

"도라지 약선차… 거 참 신기하네."

행장의 눈은 빈 찻잔에 꽂혀 떨어지지 않았다.

"그럼 이제 설야멱 요리를 올리겠습니다."

요리가 나왔다. 대나무 꼬치에 꿰인 설야멱은 채끝살과 염통의 두 가지였다. 구우면서 세 번 담근 물은 정화수였다.

"이야, 냄새 좋은데요?"

지점장은 냄새부터 시식을 했다.

"괜찮을까?"

꼬치 하나를 집어든 지점장이 입을 움찔거렸다.

"드셔보시죠. 잇몸만 있어도 먹을 수 있겠는데요?"

먼저 맛을 본 지점장이 권유를 더했다. 첫 설야멱이 행장의 입으로 들어갔다.

우물!

이로 한 점을 물어 뽑았다. 짭조름한 간장 맛에 이어 채끝살의 풍후한 풍미가 쫓아왔다. 살짝 저작에 들어가자 고기 안의 육즙이 확 번져 버렸다. 동시에 갓 쪄낸 떡을 물 듯 부드럽게 씹히는 설야멱.

생고기보다 야들야들한 식감에 버터를 문 듯 진하게 휘도는 감칠맛. 차마 주체 못 할 맛의 폭풍이었다.

주룩!

자신도 모르게 옥침이 입 밖으로 흘러내렸다. 행장 체면으로도 어쩔 수 없는 사이였다. 허겁지겁 침을 닦은 행장, 손을 멈춘 채 입안의 고기에 몰두했다. 자신의 의지가 아니라 식욕이 등을 민 것이다.

우물!

"후아!"

우물!

"후아아!"

씹을 때마다 탄식이 밀려 나왔다. 차마 감출 수 없는 맛의 회오리였다. 채 씹지도 못한 한 점을 그대로 넘겨 버렸다. 입이 다음 한 점을 원한 것이다. 본성에 따라 새로운 한 점을 물었다.

"푸하아!"

또다시 옥침이 넘어왔다. 한 번의 추태(?)를 보였기에 이번에는 손으로 막았다. 그 상태로 고기를 씹었다. 씹을 때마다 환상이 아른거렸다. 회오리는 어느새 몽환으로 변해 있었다.

맛의 폭풍.

그게 입안에 주의보를 발령하고 있었다.

"어떻습니까?"

지점장이 물었다. 행장은 대답하지 않은 채 새로운 꼬치를 집어 들었다. 이번에는 한 번에 두 점을 물었다. 그조차 허겁지겁이었다. 남은 살점까지 다 먹어치운 후에야 숨넘어갈 듯이 말을 토해냈다.

"하나도 안 질겨. 로또 맞은 기분이라네."

"푸훗!"

지점장 입가에 미소가 스쳐 갔다. 말하는 행장의 얼굴이 어린아이처럼 보인 까닭이었다. 그건 과장이 아니었다. 지상 최강의 맛에 홀린 행장은 감정의 무장해제를 당하고 있었다. 인간의 원초적인 욕망에 속하는 식욕. 그 식욕의 포로가 되다 보니 체면 가릴 것 없는 행장이었다.

"세상에, 이게 소고기 맞나? 내가 설야멱은 처음이지만 뉴욕의 미슐랭 별 두 개짜리 레스토랑의 스테이크도 이렇게 부드럽진 않았네."

행장의 시선은 설야멱에서 떨어지지 않았다.

"그리고……."

행장이 벌떡 고개를 들었다.

"세상에, 맛이 뇌수를 쳐버리니 그렇게 생각 안 나던 비밀번호가 다 떠오르네."

"그러게 약선요리 아닙니까? 설야멱… 진짜 기대 이상인데요? 채끝살은 환상이고 염통은 또 다른 별천지의 맛이고."

지점장의 시선이 민규에게 건너왔다. 민규는 고개를 숙여 칭찬에 답했다.

"짠맛은 소금 맛과 다르군요. 그렇다고 죽염도 아니고… 혹시 붉나무?"

지점장이 물었다. 과연 미식가다운 미각이었다.

"맞습니다. 굵은 소금을 볶아서 쓰기도 하지만 오늘은 붉나무 소금으로 고기를 재웠습니다."

"역시……."

지점장이 고개를 끄덕거렸다. 흡족한 표정이었다.

"고맙습니다. 재료는 넉넉히 준비되어 있으니 많이들 드시기 바랍니다."

민규가 인사를 마치고 물러났다. 설야멱 선택은 대성공이었다.

"허어, 마치 신선의 식당에 온 기분이군. 인후통도 사라지고 이에 부담도 없지 않나? 설야멱, 이거 내 인생 메뉴로 삼아야겠네."

행장의 손은 쉴 새가 없었다. 스테이크를 좋아하는 행장. 부실한 이 때문에 미루던 요리였으니 뿌리를 뽑을 태세였다.

"좀 더 주세요."

"한 접시 더."

추가 주문이 계속 이어졌다. 그때마다 민규는 가지런히 참기름 바른 꼬치를 마무리해서 새 접시를 올렸다. 지점장과 행장이 비워낸 설야멱은 다섯 접시였다. 거의 2인분씩 먹은 셈이었다. 마무리는 수정과로 올렸다.

"셰프."

수정과를 마신 행장이 민규 손을 덥석 잡았다.

"진짜 잘 먹었어요. 오랜만에 포식을 했습니다."

"맛나게 먹어주시니 고맙습니다."

"무슨 말씀… 솔직히 미식가인 우리 지점장이 추천하는 집이니 조금 기대는 했지만 이 정도까지는 아니었어요. 이거야말로 진짜 약선요리가 아닙니까? 사람의 지친 몸과 마음을 행복하게 만들어주는……."

"감사합니다."

"그동안 은행 통합 일로 정치인이다 대주주들이다 만나서 설득하느라 몸과 마음에 허기가 가득했는데 오늘 다 채운 거 같습니다. 뱃심이 빵빵하니 의욕도 불타고요."

"예……."

"말씀만 그러지 마시고 귀한 분들 많이 소개시켜 주십시오. 이만하면 행장님이 추천하셔도 욕 안 먹을 만하지 않습니까?"

지점장이 슬쩍 훈수를 들고 나왔다.

"아닐세. 나 소개 안 시켜줄라네."

행장, 지점장의 말에 뜻밖에 정색을 했다.

"예?"

놀란 지점장이 눈빛을 세웠다.

"아, 이렇게 좋은 데는 나 혼자 알고 있어야지. 온갖 인사들이 몰려들면 내가 오기 힘들 거 아닌가? 안 그런가?"

"아이고, 행장님. 전 또 뭐가 잘못된 줄 알고 간이 철렁했네요."

조크를 알아들은 지점장이 장단을 맞췄다. 하하핫, 웃음꽃이 실내에 번져갔다.

"고맙소, 이 셰프. 아, 설야멱… 아직도 은은한 향이 코끝에서 아른거리네."

행장은 몇 번이고 인사를 잊지 않았다.

개업 전야의 마지막 손님은 가게 전주인 부부였다. 잔금까지 다 치렀지만 고마운 마음을 잊지 않았다. 두 사람을 위한 요리는 칠향계였다. 그 또한 대령숙수의 예법으로 궁중칠향계로 마련해 주었다.

—닭 1마리, 말린 도라지, 생강, 파, 천초, 청장, 식초, 참기름.

재료의 중심은 닭과 도라지였다. 천초는 초피나무의 열매. 모란장에서 구한 것이 있어 넉넉했다. 닭은 장터 순례에서 만난 재래종 닭 사육 농가에 미리 토실한 재래종 닭과 달걀을 맞춰두었다. 값은 일반 토종닭의 네 배로 치르기로 했지만 아깝지 않았다. 혈통에 더불어 약초 잎을 먹고 지네가 많은 산에 방목한 까닭에 육질과 향의 차원이 달랐다.

재래닭.

이 거래를 트는 데는 전생의 도움이 컸다. 주인의 깐깐함 때문이었다. 서울로 오기 하루 전, 수소문 끝에 재래닭을 전문으로 기르는 사람을 찾았다. 민규가 약선요리에 쓸 제대로 된 닭을 찾는다고 하자 농장주가 닭 몇 마리를 잡아왔다.

"골라보시오."

일종의 테스트였다. 주인은 닭을 좋아했다. 재미 삼아 투계를 기르다가 재래닭의 매력에 빠졌다. 재래닭 혈통을 찾아다니며 실망스러운 일을 많이 겪었다. 많은 사람들이 재래닭과 토종닭의 차이를 구분하지 못하고 있었던 것이다. 그의 직업은 약초농. 닭은 주 수입원이 아니었으니 민규에게 꿇릴 것도 없었다.

"재래닭은 볏이 적색이며 단관, 즉 하나의 볏을 가지고 있습니다. 곧게 솟은 벼슬에 위풍당당하게 치켜세운 꼬리, 금세 날아오를 듯 날렵한 몸매가 압권이니 선생님이 가져오신 닭 중에……"

닭을 보던 민규가 빙그레 뒷말을 이었다.

"…는 재래닭이 없습니다."

"허어."

주인 눈빛이 변했다.

그게 정답이었다. 주인은 색깔이 화려한 토종닭 몇 마리를 잡아왔던 것. 민규의 눈에 반한 주인은 닭 거래를 수락해 주었다. 더불어 약초도 일부 공급 계약을 맺었다.

칠향계.

어찌 보면 중국의 먼정야즈와 닮았다. 먼정야즈는 오리를 쓰고 소흥주와 구기자, 삼칠초 등의 약재에 각종 향신료를 넣어 찐다.

당나라 황제가 이것을 먹고 뿅 갔다는 일화가 전할 정도로 명요리에 꼽힌다. 칠향계 역시 그에 못지않았다.

'레시피는……'

닭의 핏기를 씻어내며 복기를 했다.

1) 닭의 꽁지 밑으로 구멍을 내서 내장을 빼내고 깨끗이 씻는다.

2) 말린 도라지를 삶아 건져낸 후에 찬물에 재워 쓴맛을 우려낸다.

3) 생강을 얇게 저미고 파 역시 잘 다듬어 짧게 자른다.

4) 닭 속에 준비한 재료를 채워 넣고 구멍을 실로 꿰어 내용물이 빠져나오지 않게 한다.

5) 단지에 닭을 넣고 가장자리에 도라지와 파를 돌려 담는다.

6) 기름종이로 입구를 봉하고 사기 접시 등으로 뚜껑을 한 다음 큰 솥에 넣고 2시간 이상 중탕으로 푹 끓여 먹는다.

보글보글!

얌전하게 다리를 꼬고 들어앉은 닭이 익어가기 시작했다. 닭의 고소한 냄새에 배인 일곱 가지 재료가 맛의 회오리를 일으키고 있었다. 재료의 조화는 완벽했다. 무엇 하나 더하지도 덜하지도 않는 것이다.

꿀꺽!

민규도 침이 넘어갔다. 과연 닭요리 중에서 앞줄에 꼽힐 만한 요리였다.

"히야!"

테이블에서 칠향계 요리의 뚜껑을 열자 주인 부부의 입이 벌어졌다. 단지에서 모락거리는 맛김 때문이었다. 냄새는 부부의 식욕을 격하게 흔들었다.

"재래닭으로 만든 칠향계라는 전통요리입니다. 보양식으로도 좋고 맛도 좋습니다."

민규가 요리를 소개했다.

"세상에… 나는 인삼이 아까워서 도라지 넣고 끓여낸 삼계탕인 줄 알았더니……."

사모님의 마음은 진작 요리에 꽂혀 있었다. 연실 다셔대는 입맛이 증거였다.

"칠향계는 궁중의 왕족들도 즐겨 먹었지요. 닭요리로는 이 이상 가는 맛을 찾기 어렵습니다."

"히야, 고기 맛 좀 보게나. 이게 진짜 닭 맞아요?"

주인은 벌써 다리를 뜯어 물었다.

"아, 이… 이분은 진짜 셰프잖아요? 우리하고 똑같겠어요?"

사모님이 그 옆구리를 찔렀다.

"후아, 진짜 환장하겠네. 아주 결이 달라. 입에 넣자마자 피가 되고 살이 되는 것 같아."

"그러게요. 세상에 이렇게 맛난 닭도 있네요."

부부의 손은 쉴 새 없이 움직였다. 그럴 수밖에 없었다. 재래닭은 성장을 재촉하지 않았다. 천천히 성장시키면서 촘촘해진 근육과 지방질. 대량생산 닭과 비교될 퀄리티가 아니었다.

"아휴, 진짜 잘 먹었어요. 사실 들어설 때는 단장을 너무 잘해놓은 모습을 보니 괜히 팔았나 싶었는데 잘 판 거 같네요. 이 가게는 젊은이하고 맞는 거 같습니다."

수저를 놓은 주인 표정은 흡족해 보였다.

"고맙습니다."

"게다가 인사성도 반듯하고… 나 같으면 전주인 같은 거 대접할 생각 못 했을 텐데……."

"어제 없이 오늘이 오겠습니까? 사장님 손길이 있었기에 제가 큰 수고 안 들이고 정리를 했습니다."

"어이쿠, 젊은이가 진짜 사람이 됐네, 됐어."

"앞으로도 잘 지도해 주시고 많이 이용해 주시기 바랍니다."

"거기다 비즈니스 마인드까지?"

"하핫, 그렇게 되는 건가요?"

민규가 뒷목을 긁었다. 하지만 정곡을 찔린 건 사실이었다. 주인을 모신 데는 그런 이유도 있었다. 주인은 여기서 오랫동안 장사를 했다. 보리밥만 판 게 아니라 그림의 분위기도 함께 판 까닭에 명사 손님도 꽤 있었다. 주인에게 약선요리를 선보여 좋은 이미지를 주면 그들에게도 홍보가 되리라는 포석도 깔아둔 민규였다.

"젊은이가 제대로 할까 싶었는데 걱정할 필요 없겠네. 홍보만 되면 저 위의 차 약선방 저리 가라 할 것 같으니 힘닿는 대로 도와주겠소. 전의 단골들 중에서 친분 깊은 사람들에게 홍보도 해주고 내 지인들도 데려오고……."

주인은 기꺼운 표정. 요리가 된 칠향계가 황금알을 낳아주는 순간이었다.

전야제는 끝났다.

그런데, 거기서 종규가 애달픈 표정을 하고 나왔다.

"왜? 어디 아프냐?"

"아니, 그게 아니고……."

"아니면 뭐? 빨리 말해라. 나 내일 장 볼 거 정리해야 하니까."

"실은 오늘 손님이 한 사람 더 있어."

"응?"

민규가 고개를 들었다.

"재희가 올 거야."

"재희가 왜?"

"형한테 뭐 부탁할 게 있다고……."

"뭐?"

"……."

"야, 나 바쁘니까 애태우지 말고 빨리 말해라. 너, 재희하고 무슨 음모 꾸몄냐?"

"음모는 아니고… 재희가 형 도와주고 싶다고 해서."

"뭐?"

"아, 몰라. 걔도 퇴원했잖아? 딱히 할 일도 없는데 집에서 놀자니 막막하고… 그래서 형이 약선요리점 오픈한다니까 서빙이라도 하면서 도와주고 싶대. 자기를 낫게 해준 약선요리도 관심 있고."

"그래서?"

"그래서 내가 오라고 했어. 공짜 서빙 쓰려면 쓰고 싫으면 말고, 형 마음대로 해!"

종규 목소리가 괜히 높아졌다.

"그런데 왜 성질머리냐?"

"성질은 무슨?"

"자수해라. 너 괜히 성질부릴 때 보면 켕기는 거 있더라? 니 마음대로 오케이 해줬지?"

"어?"

정곡을 찔린 종규 눈빛이 헐렁하게 변했다.

"빨리 자수 안 해?"

"그럼 어떻게 해. 재희도 은혜 갚고 싶다는데 어떻게 말리냐고!"

"그러니까 왜 성질머리냐고? 온다고 하면 나가서 마중하면 될 걸 가지고."

"허락하는 거야?"

종규가 급 반색을 했다.

"짜식이 지 마음대로 오케이 때리고 연기하는 거 봐라?"

민규가 종규를 쥐어박았다.

"헤헷, 고마워 형. 내가 얼른 부를게."

표정이 밝아진 종규가 핸드폰을 집어 들었다.

"뭐야? 벌써 와 있는 거야?"

"사실은 아까 도착했어. 손님들 가기만 기다리고 있었지 뭐."

"아, 저 자식 정말……."

"재희야, 형이 허락했어. 마음 변하기 전에 빨리 들어와."

통화하는 종규 목소리는 총알보다 빠르게 들렸다.

2. 시청률을 씹어먹다

[약선의 명가 식치방이 당신의 다이어트를 제안합니다.]

화면에 광고가 나왔다. 갖가지 궁중요리들이 기막힌 조명을 받으며 부각되었다. 고명은 조명보다도 찬란하게 빛났다.

[당신의 다이어트!]
[나의 다이어트!]

히트 보증수표로 불리는 우태희와 먹방여신 홍설아의 CF였다. 우태희는 요리의 요정으로 불렸고 홍설아는 먹신으로 불리고 있었다.

"아, 쫌… 이놈의 광고……."

홀에 앉은 종규가 조바심을 냈다. 그 옆의 민규가 시계를 보았다.

오후 7시 58분.

KTBC의 개국 특집 '이 사람이 궁금하다'가 시작되기 2분 전이었다. 부랴부랴 뒷정리를 하고 자리한 지 이제 겨우 5분. 남은 2분이 꽤나 길게 느껴졌다.

"형!"

그때 종규 목소리가 확 높아졌다. 마침내 방송 시작이었다.

화면에 그동안 출연했던 유명 인사와 기인들의 얼굴이 스쳐 갔다. 이 프로그램에 나와 대통령이 된 사람도 있고 노숙자에서 직원 3,000여 명을 거느린 경영자로 부활한 사람도 있었다. 요리사도 있었다. 입양아 출신으로 라스베가스 초특급 호텔의 부사장 겸 수석 요리사로 등극한 토니 안과 삼계탕 하나로 중국 최고의 식품 회사로 자리 잡은 토종 셰프. 요리사로서는 민규가 세 번째 출연이었다.

도입부에는 역사의 한 페이지를 장식한 유명 식의들이 나왔다. 다음으로 왕실의 연회를 책임지던 대령숙수들, 그 뒤로 근현대의 사찰요리가 이어졌다. 사찰요리는 먼 과거부터 약선과 뗄 수 없는 관계이기도 했다. 그 설명은 박세가가 맡았다. 직접 출연이 아니라 영상이었다. 한국에 단 두 명뿐인 궁중요리기능 전수자의 한 사람. 그에게 궁중요리를 전수한 부친이 친일이다 대령숙수가 아니었다 하는 논란도 있지만 그는 대통령 자문 의원으로까지 잘나가는 사람이었다.

도입부의 절정에서 약선요리에 대한 부각이 이뤄지면서 민규가 스튜디오에 등장하게 되었다. 주방으로 꾸며진 독특한 콘셉트였다.

여기서 일단 시청자와 게스트들을 뒤집어놓았다. 본격 녹화에 앞서 미리 준비를 마치고 세팅한 요리들⋯ 화면에 잡힌 건 소박해 보이는 7첩 반상과 찬품 20기의 조반상이었다. 마무리에 나올 요리와 함께 게스트와 시청자들의 상상을 사뿐히 안드로메다로 날려 버린 상차림⋯⋯.

7첩 반상.

거기 차려진 건 반, 갱, 조치, 찜, 자반구이, 침체, 세 가지 장이 전부였다.

20기 조반상은⋯⋯.

산삼병, 의이죽, 침채, 면, 녹두병, 숙편, 건정과, 상화병 등을 아우른 상⋯⋯.

[개국 특집 이 사람이 궁금하다, 두 개의 밥상으로 시작합니다.]

진행자의 멘트가 나왔다. 어둡던 조명이 두 개의 밥상을 밝히며 배경 음악을 깔아주었다. 동시에 초대석의 VIP들 자리에도 차례로 조명이 내려왔다.

원조 걸그룹 소녀파워 멤버 여섯 명.

히트 제조기로 불리는 톱스타 배여리.

먹방여신 홍설아.

요리평론가 홍수천.

궁중요리 전문가 함병길.

미식가 박세웅.

한의사 이규태.

탈모전문의학박사 장제국.

강남의 피부명의 송찬홍.

광덕의료원 흉부외과 권위자 길두홍.

그리고 마지막 한 사람……

믿기지 않게도 루이스 번하드가 거기 있었다.

중국요리를 돌아보고 일본으로 가려던 그를 제작진들이 섭외에 성공한 것이다. 총 16명의 위용은 쟁쟁한 존엄이었다. 하나같이 중량급 인사들. 개국 특집의 스케일을 알 수 있는 사람들이었다. 그 외에도 어마무시한 게스트들이 보였다. 요리영화나 드라마의 상징으로 불리는 톱스타이자 한식대사로 활동하는 우태희도 있었고 파리 6성급 호텔에서 총주방장으로 활동하는 한국인 2세 셰프도 있었다.

[오늘은 두 개의 밥상으로 시작합니다. 이 밥상, 어떤 사람들에게 올리는 상일까요?]

진행자가 초대석으로 다가섰다. 연예인들 앞이었다.

"작은 상은 소녀파워 언니들 것, 큰 상은 제 것이에요."

먹방여신 홍설아가 그녀다운 포문을 열어놓았다.

"여기는 먹방 프로그램이 아니니까 조금 심오하게 접근해야 할 것 같아요. 작은 상은 머슴의 것이고 큰 상은 주인마님의 것 아닐까요?"

뒤를 이어 배여리의 의견이 나왔다.

"밥상이 나오는 걸 보니 오늘의 인물이 밥 연구가일까요? 그렇다면 작은 것은 평민의 상이고 큰 것은 양반들의 밥상이 아닐까 합니다."

이제는 진중한 아줌마파워를 뿜어대는 소녀파워 여섯 멤버의 합창을 들은 진행자가 두 의사들 쪽으로 돌아섰다.

[두 분 선생님들 생각은 어떨까요?]

"저도 소녀파워의 의견이 맞는 거 같습니다. 조선시대 신분에 따라 받는 밥상 아니면 하인과 주인의 밥상으로 보입니다."

"제 생각도 그렇습니다."

두 의사들의 의견이 나왔다.

[여러분의 의견이 맞는지는 잠시 후면 알게 됩니다. 그럼 이 밥상을 차린 사람은 누구일까요?]

진행자가 한걸음 더 나갔다.

"하녀 꽃분이?"

홍설아의 순발력이 나왔다.

"어머, 내 생각도 그런데. 하녀 순복이. 아니면 찬모 칠구네?"

배여리가 장단을 맞추고 나왔다.

[그렇다면 한꺼풀 더 벗겨볼까요? 다음 그림 주세요.]

진행자가 무대를 향해 멘트를 날렸다. 그러자 두 밥상 옆에 또 다른 조명이 내리쬐었다. 거기서 드러난 건 신선로와 푸짐한 승기악탕이었다.

"아, 알겠다. 대령숙수?"

이번에는 배여리가 먼저 의견을 냈다.

"맞아요. 대령숙수야, 대령숙수!"

홍설아도 폭풍 공감.

[우리 소녀파워들은 누구라고 봅니까?]

진행자가 원조 걸그룹에게 물었다.

"우리 엄마?"

한 멤버의 말에 스튜디오가 뒤집어졌다.

[오늘의 인물, 공개합니다.]

진행자의 선언과 함께 요리대 뒤에서 의자가 올라왔다. 거기 눈부신 조명이 비치자 한 사람이 보였다. 대령숙수의 복장을 갖춘 민규의 뒷모습이었다. 의자는 서서히 돌았다. 팔선채로 얼굴을 가리고 있던 민규. 의자가 멈추자 정체를 드러냈다.

[약선요리의 혜성, 기적의 손, 이민규 셰프입니다.]

진행자가 분위기를 띄웠다. 초대석의 박수가 쏟아졌다. 초대석 속에서 루이스 번하드의 시선이 빛났다.

[일단 여기 밥상부터 해결하고 가야 할 것 같습니다. 약선 요리사, 유치원에서 어린이 편식 교정을 시작으로 요양원 특별식, 식치방 약선요리 대회 대상, 신기의 효과를 증명한 탈모특별식인 미발오발(美髮烏髮)식에 피부개선의 미용양안(美容養顔)식까지 약선을 의학 수준으로 끌어올린 기적의 손이십니다. 그런데 왜 밥상일까요? 우리 출연자들께서는 이 밥상이 하인과 주인, 아니면 천민과 양반의 상으로 추측하고 있는데 맞았을까요?]

진행자가 본격 행보를 시작했다.

"두 개의 밥상을 차린 건 약선요리의 출발이 건강한 식사 습관, 즉 밥이 기본이기 때문입니다."

민규가 답했다.

[그럼 이 밥상들이 약선요리입니까?]

"그렇다고도 할 수 있죠. 우리 조상들은 밥상 하나도 음양에 의거해 균형을 잡으며 섭취했으니까요."

[하지만 이 정도 구성으로 그런 효과가 날까요? 이건 너무 평범해 보이는데요?]

진행자가 작은 상 앞으로 다가섰다.

"아, 함부로 손대지 마십시오. 그 상은 어마어마한 분이 드시는 상입니다."

[어마어마라고요?]

진행자가 움찔 물러섰다.

"두 개의 밥상은 천민과 양반의 밥상이 아닙니다. 작은 것은 왕에게 일상식으로 올리는 7첩 반상이오, 큰 것은 중국의 황제에게 올리는 20기 밥상입니다!"

"우!"

민규의 설명이 나오자 연예인들이 웅성거렸다.

"말도 안 돼요? 조선시대 왕이 고작 그런 밥상을 받았다고요? 더구나 큰 건 황제?"

홍설아가 반발을 했다.

"틀림없는 사실입니다. 20기 밥상은 황제에게 직접 바친 건 아니고 중국의 사신에게 올린 상입니다. 당시 중국 사신은 황제에 준해 대접하므로 황제의 상이라 해도 틀리지 않습니다."

[그럼 확인 들어갑니다.]

진행자가 화면을 가리켰다. 거기 경복궁이 보였다. 영상이 수라간을 잡았다. 수라상궁, 기미 상궁과 궁녀들이 보였다. 마침내 왕 앞에 세팅된 밥상, 민규가 구성한 7첩 반상과 다르지 않았다.

다른 자료 화면 또한 중국의 사신에게 올라간 것과 틀림이 없었다.

조선시대의 왕.

그들의 식탁은 산해진미와 호의호식의 상징이 아니었다. 연회도 그랬다. 유럽 귀족들이 3일 밤낮을 먹고 마시는 향연을 벌였다면 조선의 왕족들 식사는 소박과 검소, 그 자체였던 것.

"그럼 이때의 숙수들은 엄마 손처럼 저 모든 걸 혼자 요리하나요?"

걸그룹 멤버가 물었다. 이 대답은 민규가 하게 되었다.

"조선시대의 대령숙수는 다양한 파트를 가지고 있습니다. 대개는 대령숙수만을 기억하는데 대령숙수는 임금의 요리를 주관하는 요리사이고 떡과 한과를 전문으로 만드는 조과숙수, 소주방에서 근무하는 주방숙수 등이 따로 있었죠. 이들은 사옹원에 속해 요리에 종사했는데 현재의 특급호텔 주방과 유사한 시스템으로 요리를 만들었습니다. 재부라는 주방장 아래 반찬 담당 부서인 선부, 조리부서 조부, 끓이는 담당 팽부 등의 조리사들이 있어 숙수의 지시를 받았는데 고기 담당인 별사옹, 물 끓이는 탕수색, 상 차리는 상배색, 두부 만드는 포장, 생선 굽는 적색에 이어 밥을 짓는 반공까지 아우르는 총책임자였죠. 이때도 숙수들이 가장 심혈을 기울이는 것이 바로 밥이었습니다."

"우와!"

민규의 유창한 설명에 연예인들의 입이 벌어졌다. 민규의 설명은 아랑곳없이 이어졌다.

"7첩 반상이 빈약하다 하는 분들도 계시지만 저 구성을 보면 음양의 조화를 완벽하게 이루고 있음을 알 수 있습니다. 장을 제외하면 음양의 가짓수가 딱 맞아떨어지기 때문인데 왕

가는 물론 평민들도 상도 이처럼 음양에 맞춰 건강을 지켜낼
수 있었던 겁니다.”

민규의 설명이 끝났다. 바로 전문가들이 감수에 들어갔다.

궁중요리 전문가 함병길.

한의사 이규태.

두 사람의 감수는 민규의 말과 한 치의 오차도 없었다. 요
리사 스스로가 고증 역할까지 해준 것이다.

“자, 그럼 출연자 여러분을 식탁으로 모시겠습니다.”

진행자가 테이블을 가리켰다.

“와아, 이게 왕의 밥이래?”

“그럼 내가 왕보다 낫네. 우리집 밥상은 이거보다 거하거
든?”

식탁으로 내려온 연예인들이 익살을 떨었다.

“그런데 이 밥……”

밥을 보던 홍설아의 눈이 멈췄다.

“포스가 장난 아니야. 왕의 밥이라서 그런가? 이거 먹어봐
도 돼요?”

홍설아가 민규에게 물었다.

“물론입니다.”

민규가 허락하자 홍설아가 시식에 들어갔다. 그때까지도 밥
은 김이 모락거리고 있었다.

우물!

그녀의 시식은 남달랐다. 한입을 먹어도 먹음직스럽게, 복스럽게 먹어대는 것이다. 왜 먹방 프로그램의 지존이자 대세인지 알 것 같았다.

"어머!"

한입을 넘긴 홍설아가 비틀 중심을 잃었다.

"왜 그래?"

옆에 있던 소녀파워 멤버들이 홍설아의 중심을 잡아주었다.

"맛이 기막혀요. 이건 그냥 밥이 아니에요."

"……?"

"그렇죠? 이거 약밥이죠? 전국에서 최고로 좋은 진상품을 가지고 특별한 비법으로 만든?"

홍설아가 민규를 바라보았다.

"죄송합니다. 그건 그냥 보통 쌀로 지은 밥입니다."

"말도 안 돼. 내가 먹방 프로그램 3년 동안 한국 쌀은 물론이고 일본과 동남아 쌀까지 다 먹어본 사람이에요."

"맛이 어떻길래?"

이번에는 배여리가 나섰다. 소녀파워도 팔을 걷고 나섰다.

"어머!"

"와우!"

그녀들은 표정은 그 자리에서 '정지' 모드로 들어갔다. 생각 없이 먹어본 밥. 그래봤자 밥인 그 맛에 홀려 버린 것이다.

"이건 보통 쌀이 아니야. 특별히 가공한 거 아니면 왕들만 먹는 특별한 품종이라고."

홍설아가 논리적인 추론을 내놓았다.

"죄송하지만 이 쌀은 그냥 평범한 품종의 5분 도미입니다."

"5분 도미요?"

민규 답변에 홍설아가 폭주했다.

5분 도미.

현미에 속한다. 쌀눈을 살린 쌀이다. 그렇다면 밥맛은 더 없어야 했다. 쌀눈을 살린 쌀들은 거친 식감이 보통이라 일반인들의 입맛에는 잘 맞지 않는다. 하지만 이 밥에는 그런 느낌이 전혀 없었다. 홍설아가 미식가 박세웅에게 SOS를 보냈다.

미식가가 시식에 나섰다. 그는 오래 음미했다.

"어때요? 특별한 품종이 맞죠?"

홍설아가 답을 재촉했다.

"아닙니다. 보통 품종의 쌀이네요. 쌀눈의 맛이 살아 있으니 5분 도미도 맞고요. 그런데 이런 식감이라니… 믿어지지 않지만 특별한 품종의 쌀은 아닙니다."

미식가의 인증이 나왔다. 제작진의 인증도 추가되었다. 쌀을 산 곳과 품종, 가격이 적힌 영수증이었다. 마무리는 미식의 대가 루이스 번하드.

"밥 하나로 오미, 육미를 제압하는 맛… 가히 압권입니다. 부드러운 풍미와 황홀한 설렘, 이건 정말 미식의 신대륙이라

할 수 있겠습니다."

La meilleure cuisine.

최고의 요리.

그의 소감 속에서 두 번이나 반복된 말이었다.

짝짝짝!

초대석의 기립 박수가 나왔다.

"하긴 왕의 요리를 맡은 대령숙수라면 기막힌 밥을 할 수도 있겠네요. 하지만 그래도 왕의 식사로 보기에는 너무 저렴한데요?"

홍설아가 반론을 제기했다.

"밥은 밥상의 근본이자 중심입니다. 밥에도 종류가 많으니 어떤 밥을 어떻게 하느냐에 달렸겠지요? 게다가 쌀이라는 게 꼭 밥만 하는 건 아니지요. 궁중요리 중에는 수많은 형태의 죽이 있으니 응용하기에 따라서는 병을 돌보는 약선이 되고 건강을 증진하는 보약이 되고 원기를 회복하는 요리가 될 수 있습니다."

민규의 말과 함께 자료 화면이 이어졌다. 타락죽을 시작으로 삼미죽, 서국미죽, 잣죽, 호박죽과 함께 각 죽의 효능이 나왔다. 설명에 맞춰 요리가 보여졌다. 민규가 만든 질박하고 담담한 미를 갖춘 죽들이었다.

분위기를 잡은 방송은 이제 본격 약선요리의 효과 입증을 위해 달려갔다. 그게 바로 미발오발을 위한 약선흑임자죽과 미용양안에 해당하는 백봉령단호박죽이었다.

이 부분은 스튜디오뿐 아니라 대한민국을 뒤집어놓았다.

말로만 약선요리.

아, 그거 효과 있던데?

값만 비싸지 효과는 개뿔.

먹는 사람에 따라 호불호가 엇갈리기도 했다. 그러나 검증
팀에서 효과를 인증하니 센세이션이 되어버린 것이다. 게다가
효과 입증의 장소가 병원이었고, 그 인증의 실체가 해당 진료
과의 권위자들인 의사들이었다.

탈모······.

온갖 약이 많지만 약효는 보장하지 못한다. 시판되는 약들
이 좋다면 왜 탈모자들이 그렇게 많을까? 저 유명한 스타들
부터 정치인까지 탈모와 흰머리에 골머리 썩지 않는 계층은
하나도 없는 판국이었다.

피부도 그랬다. 의사들 입장에서는 화수분이다. 평균 수명
이 늘고 국민소득이 높아지면서 성형에 대한 수요와 욕구는
망망대해에 이를 지경이었다. 그러나 시판 중인 약들 또한 그
효과는 만족스럽기 어려웠다. 그런 차에 민규가 선보인 약선
죽은 엄청난 반향을 일으켰다.

이즈음에서 민규의 약선 원칙과 고집이 요리 장면으로 나
갔다. 첫째는 최상의 식재료를 구분하는 능력이었다. 식재료
전문가들과 제작진은 미리 성분 검사를 마친 재료들을 무작

위로 섞어놓았다. 하지만 민규의 판별 능력은 단 한 번도 빗나가지 않았다.

더 놀라운 건 그다음이었다.

"이거 제가 손질을 마쳤는데 한 번 더 검사해 보시겠어요?"

민규의 역제의가 나왔다.

"……!"

성분을 분석한 KIST 초빙 분석 팀이 소스라쳤다. 민규가 손질을 마친 식재료는 원래의 제품보다 성분이 활성화되어 있었다. 그건 그들의 과학으로도 설명이 안 되는 부분이었다.

다음으로 요리 실력의 향연이 펼쳐졌다. 민규는 요리사. 그렇기에 약선의 신비감만으로는 부족했다. 민규는 보란 듯이 기막힌 약선요리를 펼쳐놓았다. 그야말로 만한전석의 재현, 천상의 테이블의 구현이었다.

가장 신난 건 홍설아였다. 그녀는 무려 10인분 이상을 해치워 버렸다. 그러고도 식욕은 멈추지 않았다.

이 대단원의 막은 역시 밥이었다.

바로 그때.

삐로롱찌로롱!

민규 전화가 울렸다. 방송 시청 때문에 받지 않을까 했는데 발신자가 손 피디였다.

"여보세요?"

민규가 전화를 받자 들뜬 목소리가 밀려 나왔다.

"셰프님, 지금 방송 보십니까?"

"예."

"대박 났습니다. 지금 연락받았는데 시청률이 30%를 넘었답니다."

"예?"

"아, 이런 건 잘 모르시겠군요? 우리 프로그램 시청률이 보통 15%대입니다. 과거에 핸드폰이 나오기 전에는 30% 넘는 시청률이 종종 있었지만 그 후로는 20% 넘기기도 힘들었거든요. 이번에는 개국 특집이라 20%는 넘을까 싶었는데 무려 34.8%… 우리 국장님 지금 입이 찢어져서 병원 응급실 가야 할 형편이라고요."

"……."

"그러니까 속된 말로 이 셰프님이 시청률을 씹어먹은 겁니다. 덕분에 저도 이 자리에서 금방 밀려나지는 않을 것 같습니다. 그럼 나중에 한번 뵙겠습니다."

손 피디의 전화가 끊겼다.

"뭐래? 반응 좋대?"

종규가 물었다.

"그렇단다. 시청률 대박이라는데?"

"하핫, 내가 그럴 줄 알았어."

"니가 어떻게?"

"내가 형 요리하는 거 간간이 유티비에 올리고 있잖아? 그런데 그게 해외에서 초대박을 치고 있었거든."

"해외에서?"

"오천년 K-FOOD의 신비, 내가 올리는 제목인데 처음에는 그저 그렇더니 이제는 올렸다 하면 수백만 명 보는 건 일도 아니야."

"그래?"

"형한테 말하려다가 몰래 올렸다고 혼날까 봐 침묵했는데 이제 자수."

"짜식, 됐다. 방송이나 보자."

주의를 화면으로 돌렸다.

밥이 나오고 있었다.

화악!

다섯 밥솥에서 나오는 김이 예술이었다. 그 김이 걷히자 뽀얀 자태를 드러낸 밥들은 밥이 아니라 요정처럼 보였다. 주걱으로 건드리자 밥꽃이 피어났다.

밥!

민규가 내놓은 마무리 다섯 오색밥. 검은콩과 울금, 팥물과 곤드레를 이용한 오색밥이 연잎 깔린 접시 위에 담겨 나왔다. 접시는 길고 밥은 다섯 종류. 그러나 어느 것 하나 없이 좌르르 찰기가 흐르는 존엄을 갖추고 있었다.

여기 곁들인 소품 찬들이 또 걸작이었다.

간장게무침.

명란젓백채찜.

호박색해삼젓.

시원한섞박지.

궁중연근물김치.

소소한 것 같지만 식욕을 자극하는 소품 찬들. 이 시식 또한 시청자들을 뒤집고 말았다.

간장게무침······.

살짝 태워서 첨가한 간장이 진국이었다. 부드러운 게살과 함께 입안에 퍼지면 다리가 후들거릴 정도의 맛이 나왔다. 미식가조차 숨을 골라야 할 정로도 맛이 깊었던 것.

명란젓백채찜은 초록빛 자태가 고왔다. 배춧잎으로 말아 쪘지만 부드러움 속에 아삭함이 살아 있다. 배추찜이면서 초록빛이 나온 건 푸른 잎사귀를 이용한 까닭이었다. 거기 살짝 더해진 명란젓이 죽음이었다. 배추찜의 달달한 즙과 함께 미각의 뿌리를 흔들었다.

섞박지는 깍두기처럼 보이는 궁중김치였다. 무를 버무린 젓국 맛이 밥도둑을 양산했다.

그런데······.

"언니!"

열일하듯 시식을 하던 걸그룹 멤버 하나가 홍설아를 불렀다.

"응?"

홍설아, 그제야 자신이 뭘 하는지 알게 되었다. 그녀가 먹는 건 밥이었다. 다섯 소품의 찬이 아니었다. 그러고 보니 대다수가 그랬다. 그들은 모두 밥에 몰입해 있었다. 절정의 찬도 귀찮았다. 한입 물고 넘기면 또 땡겼고, 그걸 넘겨도 또 손이 갔다.

"이건 진짜 마약이네요. 멈출 수가 없어요."

"와아, 밥의 반전이에요. 다른 건 손이 가지 않아요."

"이 밥은 제 미식의 새로운 지평을 열게 하는군요. 밥이 보약이라는 말의 완벽한 증명입니다. 과거 일본의 사시미에 대해 프랑스의 요리사들이 요리로 인정하지 않은 적이 있었는데 요리사의 칼질에 따라 맛이 변하는 걸 보고 인정을 했다죠. 오늘 제게 있어 밥이 그런 경우입니다. 그러나 더 위대합니다. 생선은 부위가 있다지만 쌀은 그저 작은 한 톨입니다. 그 안에 이렇게 다양한 맛이 있었다니, 미식가라는 타이틀이 부끄러울 정도입니다. 이 밥은 그 자체로 약선요리가 틀림없습니다."

연예인들에 이어 루이스 번하드의 소감이 마무리를 장식했다.

약선!

"밥이 그 시작입니다. 따뜻한 밥, 오래 씹어 먹으면 그게 약선입니다. 그래도 복잡하면 그냥 아무거나 골고루 드세요. 그게 또 약선입니다."

민규의 멘트로 프로그램이 마감되었다.

짝짝짝!

초대 손님들의 박수와 함께 화면이 닫혔다.

짝짝짝!

그래도 박수는 계속되었다. 동생 종규의 박수였다.

"으아, 우리 형 진짜 멋진데?"

종규가 몸서리를 쳤다.

"짜식, 그거 이제 알았냐?"

민규가 응수했다.

삐리리띠룽띠룽!

방송 끝나기 무섭게 핸드폰에 불이 나기 시작했다.

—으악, 너 진짜 출세했더라? 너 내 친구 맞지?

첫 전화는 친구 송재훈이었고,

—오빠, 축하해요.

귀여운 상아의 전화도 빠지지 않았다.

—이 셰프 축하해. 요리 대회 이후로 폭풍성장이네. 마음 씀씀이가 좋아서 언젠가 빛 볼 줄 알았어.

조병서 셰프의 전화는 뜻밖이었다. 그는 아직도 민규를 잊지 않고 있었다.

"근육에 아직도 쥐가 자주 나세요?"

—그렇지 뭐.

"저 개업했는데 언제 한번 오세요. 제가 그 병에 좋은 똘똘

한 약선 한번 대접해 드릴게요."

—말만 들어도 고맙네. 축하해.

조병서의 전화가 끊겼다. 그 뒤로도 많은 전화가 이어졌다. 김순애 사모님이 그랬고 광보 스님, 길두홍 박사가 그랬다. 방송의 파급은 완전 위력적이었다. 동시에 종규의 유티비 영상도 함께 뜨기 시작했다. 졸지에 '이민규 셰프'와 '약선요리'가 검색어의 상단으로 올라가게 되었다.

거기서 전화를 걸었다.

"왜?"

덩달아 축하 전화를 받던 종규가 민규를 바라보았다.

"준비할 거 많다. 양념도 만들어야 하고 청포묵에 약선차도……."

민규가 일어섰다.

감격.

민규도 고무된 건 사실이었다. 하지만 그 고무로 가게를 이끌 수 있는 건 아니었다. 게다가 알고 있었다. 전생들 덕분에 뜬 건 사실이지만 그들의 노력과 성취를 이루려면 멀었다. 내 것이지만 내 것은 아닌 전생들의 성취. 그걸 온전하게 자기 것으로 만들고 싶은 민규였다.

천연 양념…….

그 선반을 바라보았다. 기본적인 것은 이미 갖추어두었다. 하지만 기본이 끝은 아니었다. 양념 역시 초자연수처럼 응용하면 할수록 끝이 없는 미지의 세계였다.

백년초를 골랐다. 칼슘 덩어리에 비타민 C도 탱탱한 노화방지 성분에 장 청소 기능까지 갖춘 효자 식재료. 요리에 넣으면 빛깔 고운 보라색을 내주니 빼놓을 수 없는 재료였다.

냉이로 넘어갔다. 며칠 말렸더니 냄새가 좋아졌다. 갈아서 국수나 수제비 반죽에 넣으면 구수한 봄맛이 일품이다. 연자도 갈고 현미의 쌀눈도 갈았다. 밥 위에 얹으면 영양분을 더하고 나물 등을 무칠 때 뿌리면 맛이 깊어진다.

양념통으로 구해온 나무 그릇들이 하나씩 차기 시작했다. 민규에게는 그 또한 보물. 보물을 만드느라 밤이 깊는 줄도 몰랐다.

밑반찬도 하나둘 늘어갔다. 시원한 섞박지가 준비되고 산야초장아찌도 갖추었다.

"형, 안 자?"

자정이 가깝자 종규가 슬그머니 다가왔다.

"그러는 너는?"

"셰프가 바쁜데 부셰프가 혼자 잘 수 있나?"

"어이구, 핑계는… 출출한데 간식 좀 먹을까?"

"진짜?"

종규가 반색을 했다. 꼬르륵 소리가 날 정도지만 형을 위해 침묵하던 종규였다.

"해삼장 말은 밥 어때?"

"해삼장 말은 밥?"

"일본 사람들은 오차즈케라고 하지. 게를 넣으면 게장, 새우 넣으면 새우장인데 해삼을 넣었으니 해삼장. 낮에 해삼이 남길래 아까워서 간장에 심심하게 재워놨거든."

"나야 뭐 아무거나 대환영."

종규가 쌍수를 들고 나왔다.

"먹자!"

상은 뚝딱 차려졌다.

해삼을 넣어 끓여낸 육수에 밥을 말고 그 위에 간장에 숙성시킨 해삼을 푸짐하게 올렸다. 고명은 미나리와 얇게 저민 양파, 구운 김 조각을 올렸다.

"우와, 별미네. 이건 또 어떤 궁중요리래?"

한입 거하게 문 종규가 물었다.

"뭐든지 이름이냐? 이건 그냥 형제 간식이다. 맛은 괜찮냐?"

"간장 맛이 딱 좋아. 해삼의 식감도 굉장한데?"

아작!

종규가 입을 움직이자 해삼 씹는 소리가 들렸다. 민규 입에서도 같은 소리가 났다.

"우리 이러다가 가게 거덜내는 거 아니야? 아니면 매일 간식 먹어서 돼지 브라더스 되든지."

"걱정 마라. 너 돼지 되면 내가 약선으로 해결해 줄 테니."

"살 빼는 것도 돼?"

"안 될 거 뭐 있냐?"

"으아, 우리 형 진짜 요리 의사네. 찢고 떼어내고 꿰매는 것만 빼고 다 되는 거야?"

"그래. 내가 바로 귀신 식사까지 해줄 수 있는 약선요리사 이민규다, 에비."

민규가 불쑥 얼굴을 내밀었다.

"아, 진짜… 깜짝 놀랐잖아?"

움찔한 종규가 바락 소리쳤다. 형제의 새 집 첫날밤은 그렇게 깊어갔다.

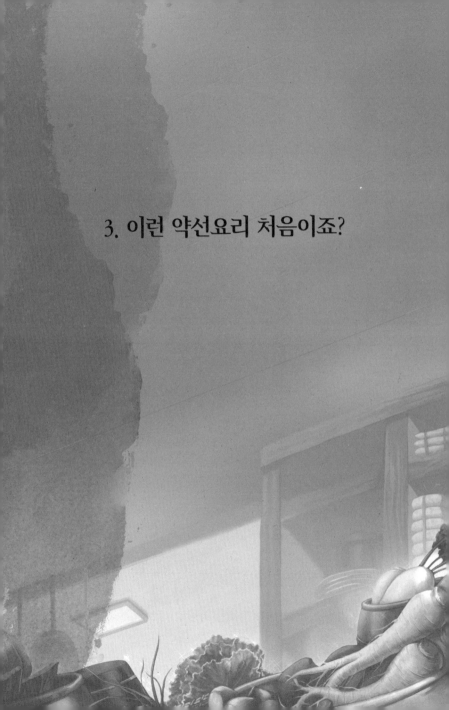

3. 이런 약선요리 처음이죠?

첫새벽, 민규는 내실 끝에 딸린 방에서 저절로 눈을 떴다. 마당의 수도에서 물을 받고 그 물을 정화수로 바꾸었다. 세수를 했다. 정신이 번쩍 들었다. 조용히 전생들의 액자를 집어 들었다. 그걸 홀의 벽에 걸었다. 이제는 비로소 개업이었다.

시장 볼 채비를 갖추고 차를 향해 걸었다. 그런데… 키가 주머니에 없었다.

'카운터에 두었나?'

기억을 더듬을 때 부릉, 탑차의 시동이 걸렸다. 종규였다.

"일어났냐?"

"당연하지. 이래뵈도 명색이 초빛약선요리 부셰프거든."

종규가 흰 이를 드러내며 웃었다.

"세수는?"

"당연히 목욕재계까지 했지. 재희는 아침에 온다고 했고."

"알았다. 가자."

민규가 조수석에 올랐다.

바릉!

개업을 알리는 시동이 걸렸다.

새벽 시장에서 여덟 식재료 식별법을 최상으로 가동했다. 시장을 다 휘저으니 그래도 쓸 만한 재료들이 나왔다. 최상은 아니었지만 지금은 21세기. 농약에 찌들거나 항생제, 중금속, 미세 플라스틱 등에 찌든 재료가 아닌 것만 해도 다행이었다.

끼익!

민규의 탑차가 식당으로 돌아왔다.

끼익!

다른 차량들이 꼬리를 물고 이어졌다. 여러 사람들이 보내준 개업 축하 화환과 화분들이었다. 목화여고 88회 김순애 일당들의 화환이 첫째였고 길두홍 박사, 이규태 박사, 손 피디, 심지어는 혜윤 스님과 문정아, 주인아줌마의 것도 있었다.

오빠는 대박!

주인아줌마의 화환에 쓰인 문구가 미소를 자아냈다.

종규에게 정리를 맡기고 요리복을 갖춰 입었다.

'잘해보자.'

거울 속의 얼굴을 보며 결의를 다졌다.

"멋져요!"

일찌감치 나온 재희가 박수를 쳐주었다. 종규도 약선요리 분위기에 맞춘 위생복을 입었지만 재희 것은 없었다. 별수 없이 종규의 여벌을 투하했다. 바짓단에 고무줄을 넣고 소매를 몇 번 접으니 그럭저럭 분위기를 갖추게 되었다.

"이 셰프!"

첫 손님은 김순애 일당이었다. 천하무적 6인방에서 5인방으로 변한 멤버들. 하나도 빠짐없이 출석을 하고 있었다. 흰색, 검은색 세단 다섯 대가 꼬리를 물고 들어서니 장관이었다. 아마도 중간에 만나서 오는 모양이었다.

"역사적인 날이잖아요? 내가 애들 닦달을 해서 죄다 끌고 왔어요. 지들이 안 오고 배겨요? 우리 이 셰프가 이제 방송에서도 인증인데."

차에서 내린 김순애가 목소리를 높였다.

"별말씀을……."

"아니에요. 어제 방송 보니까 우리 이 셰프가 얼마나 굉장한 사람인 줄 알겠더라고요. 그것도 모르고 유치원에서 눈을 부라렸으니……."

"그랬어? 얘가 아주 간이 배 밖으로 나왔네. 이 셰프님, 앞으로 우리 순애는 허접한 요리만 주세요. 맛난 건 우리가 맡아줄게요."

옆에 있던 석경미가 유쾌한 조크를 날려왔다.

"가게가 볼품은 없지만 한번 돌아보시겠습니까?"

민규가 가게를 가리켰다.

"와아, 폼 나네?"

"진짜 약선요리 기분 제대로 나."

가게를 돌아보던 멤버들이 분위기에 취했다.

"아하, 이윤, 이 사람이 요리의 아버지구나?"

김순애가 벽의 액자를 보며 말했다.

"그래봤자 우리 이 셰프한테는 안 될걸?"

석경미는 민규 편이었다.

"그런데 이 셰프, 약선요리집에서는 셰프가 아니라 숙수로 불러야 하나요?"

이번에는 채선희가 나섰다.

"편한 대로 부르세요. 저는 호칭보다 요리 쪽이니까요."

"역시, 우리 이 셰프는 진짜 프로라니까."

민규의 답에 김순애가 반색을 했다.

"특별히 원하는 요리가 있으면 말씀하세요."

민규가 주문에 나섰다.

"뭐든지 셰프 마음대로 해주세요. 셰프 요리라면 우리는 무조건 콜입니다."

김순애가 시원하게 일임을 해주었다.

전채로부터 요리가 시작되었다.

—사과편 말림, 연근편 말림, 단감편 말림.

주전부리로 내놓은 전채부터 열광적인 찬사를 받았다. 아무런 가감 없이 잘라 말린 것들. 긴 대나무 생잎 위에 올려놓으니 한 폭의 서양화가 되었다.

아삭!

바삭한 사과칩을 깨물자 청량한 소리가 미각을 흔들었다. 잘 건조되어 새콤함과 달콤함이 농축된 사과 조각은 더없는 풍미를 주었다.

바삭!

이번에는 연근칩. 태운 간장가루를 살짝 뿌려 말렸기에 짭조름한 맛이 올라왔다. 담백함 뒤에 따라붙는 그 맛 또한 손을 멈추지 못하게 만들었다.

아작!

단감편은 또 어떤가? 푸근한 단맛으로 마른 조각은 사과의 단맛과는 달리 혀를 편안하게 만들었다. 소리에 취하고 맛에 반하는 사이에 접시는 이미 비어 있었다.

다음으로 나온 건 인삼, 더덕, 도라지, 잔대 4총사 튀김이었다. 그냥 튀기지 않고 천연의 색소를 입힌 튀김옷 수고를 들였다. 인삼은 따뜻하니 찬 색감인 푸른 튀김옷, 더덕은 찬 식재료니 따뜻한 붉은색 튀김 옷. 색만 맞춘 게 아니었다. 고소함

의 극치를 이룬 튀김옷 안에서 약성을 받은 튀김들은 쌉쌀함
과 달달한 맛으로 어울리며 식욕을 자극해 주었다.

아삭바삭!

그 감동 또한 멤버들의 찬사를 아낌없이 받았다.

그 뒤로 본격 요리가 나왔다.

―호두약선죽.

―추로수소합병.

―죽순탕평채.

―오색전병.

―궁중유자화채.

호두죽은 깜빡깜빡거리는 중년의 기억력을 위한 특선 죽이
었다. 요수에 불린 쌀에 껍질 벗긴 호두를 다지는 것으로 시
작이 되었다. 시너지 효과를 위해 호박씨를 갈아 넣었다. 호박
씨 또한 기억력을 높이고 혈중 콜레스테롤을 떨어뜨리는 부
수적 효과까지 가지고 있었다.

소합병은 궁중요리의 하나로 떡의 일종. 쌀 반죽을 네모지
게 잘라내고 그 위에 팥소를 붙인 후에 밤과 대추를 반듯하게
썰어 팥소 위에 눌러준 후 한지를 갈고 찜통에 넣었다.

탕평채는 전날 청포묵을 만들어두었기에 수월했다. 대개는
돼지고기를 넣지만 삶은 죽순으로 대신하고 소고기 역시 간
장으로 지진 두부를 으깨 대용했다. 숙주와 미나리를 준비하
고 김을 구워내면서 준비가 끝났다.

보글보글.

호두죽 익는 소리는 고소한 속삭임이었다. 눌어붙지 않게 정성껏 젓던 민규, 소리와 빛깔만으로도 죽의 완성을 알았다. 불을 끄고 죽사발을 꺼냈다.

한 국자…….

"흐음……."

퍼 담는 사이에도 죽 냄새가 코를 자극했다. 그 향은 정말이지 부드러운 유혹의 결정판이었다.

"요리가 나왔습니다."

테이블 가득 차려진 요리의 향연에 사모님들이 넋을 놓았다. 접시 하나하나가 동양화이자 조각품이었으니 모두가 눈으로 먹는 요리였다.

"와아!"

멤버들이 또 한 번 자지러졌다.

"총명탕처럼 기억력에 좋은 호두죽입니다. 호두는 기억력 증진에 좋으니 같은 작용을 하는 호박씨를 갈아 넣어 증폭 효과를 도모했습니다. 꿀피부를 만드는 약재도 첨가했으니 피부도 고와질 겁니다."

약선호두죽 설명. 사모님들은 그 말에 녹아버렸다. 그렇잖아도 가물거리는 기억력. 온갖 피부 마사지에 특히 앰플을 써도 크게 개선되지 않는 푸석한 얼굴. 그러니 민규의 말은 가려운 데를 긁어주는 단비가 아닐 수 없었다.

"다음 것은 육류를 쓰지 않고 개운하게 만든 죽순탕평채입니다. 마지막 떡은 궁중요리의 하나인 소합병입니다. 이 또한 피부가 고와지는 약재로 반죽해 만들었으니 마음껏 드시고 피부 미인 한번 체험하시기 바랍니다."

"어머, 그럼 이 요리들, 얼굴에 발라야 하는 거 아니에요?"

석경미가 민규를 바라보았다.

"그동안 많이 양보하셨으니 한 번쯤은 위장 호강도 시키셔야죠. 그리고 겉에다 바르는 건 일시적일 뿐입니다. 중요한 건 근본이죠. 오장육부가 건강해지면 피부는 저절로 좋아집니다."

민규 설명은 명쾌했다. 때맞춰 노랑나비까지 날아들었다. 종규의 보조였다. 사모님들이 좋아하자 나비의 숫자를 늘렸다. 나비는 사모님들의 어깨에도 앉고 핸드폰 위에도 내려앉았다.

배쫑배쫑!

멀리서 새소리도 빠지지 않았다.

맛깔스러운 약선요리에 멋을 더하는 노랑나비들. 그리고 거기 더해지는 새들의 지저귐. 사모님들의 식욕에 불을 질러 버렸다. 그녀들은 이내 호두죽을 비워냈다. 소합병도 불티가 나고 유자화채와 전병도 그랬다.

여자들에게 꿀피부란, 포기할 수 없는 인생 아이템이 분명했다. 비록 환갑을 바라보는 나이라고 해도.

―달콤한 연꽃딸기에 오미자차 디저트.

"와아!"

마무리 디저트 또한 먹기 아까운 접시였다. 이 디저트는 민규의 새로운 필살기. 개업에 앞서 민규가 공을 들인 궁리 끝에 나온 작품이었다.

황홀한 색감의 오미자차 옆에 놓인 건 작은 연꽃 몽오리 하나. 흰 색감에 꽃결을 따라 오미자 색을 들인 구성은 연못에 맺힌 연꽃 몽오리와 다르지 않았다. 그걸 작은 연꽃 위에 세팅하니 테이블 분위기에 딱이었다.

"귀한 분들을 위한 연꽃 디저트입니다. 세로로 잘라서 드시면 좋습니다."

민규가 먹는 법을 알려주었다.

"어머!"

사삭!

작은 연꽃을 자르던 사모님들이 소스라쳤다. 연꽃은 삼겹이었다. 통 생딸기 위에 아보카도 살을 씌우고 삶은 감자 으깬 반죽으로 감싸 연꽃처럼 빚어낸 작품. 그걸 가르자 한눈에 반하는 사모님들이었다.

"흐음."

김순애가 한입을 물었다. 포만감은 진작에 왔지만 입이 참지 못했다.

"미치겠네. 뼈가 녹아버리는 것 같아."

"진짜 환상이다, 환상."

사모님들은 맛에 취해 숨도 제대로 쉬지 못했다. 살짝 긴장하던 민규의 얼굴이 부드럽게 펴졌다. 창작 디저트는 성공으로 보였다.

"나 어때? 애기 피부된 것 같아?"

김순애가 두 볼을 감싸며 멤버들에게 물었다.

"어머, 기분 탓인지 진짜 얼굴이 뽀송해 보인다, 얘."

"어머어머, 내 얼굴 좀 봐. 진짜 우윳빛이 나는 거 같지 않아?"

사모님들은 손거울을 들여다보며 소녀처럼 웃었다.

"계산요!"

김순애가 지갑을 열었다.

"한 분당 20만 원입니다."

민규가 가격을 알려주었다. 기준은 약선의 효과였다. 얼굴 피부가 고와지고 기억력을 자극했으니 그 정도 받을 수 있다고 판단했다.

턱!

김순애가 수표 한 장을 꺼내놓았다. 100만 원이었다. 20만 원 곱하기 5는 100만 원. 민규는 김순애가 쏘는 것으로 생각했다. 하지만 그게 아니었다.

"얘들이 지금 뭐 하는 거야? 너희는 꽁 먹을 거야?"

김순애가 눈을 부라리자 사모님들도 지갑을 열었다. 그녀들도 각각 100만 원 수표를 꺼내놓았다. 돈은 졸지에 500만 원으로 변했다.

"사모님."

"우리가 가는 강남 피부샵에서 얼굴 마사지 한 번만 해도 얼마인데 그래요. 오늘 우리 오장육부 마사지한 거 아니에요?"

김순애의 눈빛은 친근했다.

"그래도 100만 원이면 충분합니다."

"절대 안 돼요. 게다가 오늘이 개업식인데 첫 손님으로 초빛 약선요리 역사를 장식했으니 기분 한번 내야죠."

"사모님."

"아, 그리고 이건 우리 천명화 화백 몫."

김순애는 한술 더 떠서 100만 원 수표 한 장을 또 얹어주었다.

"……"

"대신 다음부터는 카드예요. 오늘은 개시니까!"

김순애가 민규 팔뚝을 치며 일어났다. 참 깔끔하고 사려 깊은 개시였다.

"형, 수표 나 한 장만 줘봐."

김순애 멤버들이 멀어지자 종규가 손을 벌렸다.

"뭐 하게?"

민규가 수표 한 장을 건네주었다. 그걸 받아 든 종규, 다짜

고짜 침을 뱉더니 민규 이마에 그 수표를 붙였다. 수표는 철석같이 제대로 붙었다.

"야!"

"헤헷, 개시로 받은 돈은 그렇게 해야 부자 된대."

찰칵!

종규가 인증샷을 날렸다.

"아, 짜식 진짜……."

어색한 마음에 웃어버리지만 싫지는 않았다.

음과 양.

세상은 이 둘의 조화이자 반복이었다. 민규의 가게도 예외는 아니었다. 약선요리를 즐기고 간 김순애 일행. 그들이 떠나고 20여 분 후에 길두홍 박사 차가 도착했다. 첫 손님의 향이 너무 고와서일까? 결과를 보면 알겠지만 길 박사 일행은 그 반대편 사람들이었다.

"박사님."

종규가 먼저 길 박사 일행을 맞았다. 일행은 셋이었다. 길 박사의 동기동창인 한명재 의대 교수, 그리고 그가 데리고 온 또 한 명의 여자…….

외모부터 범상치 않았다. 선글라스에 머플러, 리넨으로 만든 상의는 그녀가 최상의 예술가임을 말해주고 있었다.

"오셨습니까?"

민규가 주방에서 나왔다.

"인사들 하세요. 여긴 약선요리의 일인자 이민규 셰프."

길 박사가 민규를 소개했다. 약선요리의 일인자. 민규의 위상은 이제 현실이 되어가고 있었다.

"이쪽은 전에 제 환자분들입니다."

"안녕하세요?"

"안녕하세요."

손님들과 인사가 오갔다.

"어디로 모실까요? 연못가에 야외 테이블도 괜찮고 내실도 비어 있습니다."

민규가 물었다.

"기왕이면 다홍치마라고 경치 좋은 데가 어때? 연못도 보기 좋고?"

길 박사가 한명재를 돌아보았다.

"안드레?"

한명재는 답을 여자에게 넘겼다.

"연못이 소담하고 좋네요."

여자는 연못 호감으로 답을 대신했다. 자리는 테이블로 결정이 되었다.

"종규 군, 내가 아는 이종규가 맞나? 이젠 나보다 건강한 것 같아?"

길 박사가 종규에게 덕담을 날렸다.

"다 박사님 덕분이죠, 뭐."

종규도 덕담으로 받았다.

"이 친구가 제 환자였는데 기사회생을 했습니다. 제 의술이 아니라 저기 이 셰프의 약선요리 때문이었죠. 이 친구뿐만 아니라 다른 환자 둘도 이 셰프가 살려냈어요. 그래서 이 셰프만 보면 의사로서 얼굴이 화끈거린답니다. 사실 처음에는 우리 종규 군이 나을 때가 되어 그랬겠지 했는데 같은 환자를 셋이나 살려냈어요. 게다가 방송국에서 출연 요청이 있어 나가봤더니 우리 이 셰프, 굉장하더라고요. 그래서 즉석에서 부탁을 했지요. 나도 이 셰프의 요리 한번 제대로 먹어보고 싶어서 말입니다."

"가게 분위기는 괜찮네요."

여자가 선글라스를 벗었다. 눈매는 굉장히 까칠해 보였다.

"아, 혹시 아시려나? 이분은 세계적인 패션 거장 안드레 주예요. 내가 주치의를 맡고 있지요."

한명재가 여자의 정체를 밝혔다.

'안드레 주?'

민규 머리에 불이 번쩍 들어왔다. 초면이다. 그러나 그 이름은 수십 번은 더 듣고도 남았다. 뉴욕과 파리를 휘젓고 다니는 한국 패션의 독보적 리더. 안드레 김 이후로 한국 패션을 대표하는 여자였다.

"영광입니다."

민규가 겸허히 고개를 숙였다.

"오기 전에 방송 녹화분을 구해서 봤어요. 내가 미슐랭 스타 레스토랑도 몇 군데 다니는데 이 셰프의 요리는 인상적이더군요. 특히 오색밥… 기본을 중시하는 자세가 인상적이었어요."

안드레 주가 조용히 웃었다.

"고맙습니다."

"내가 여러 스트레스로 솔직히 입맛이 없어요. 우리 한 박사님도 이제 감이 떨어지셨는지 식욕을 못 잡아주시고… 해서 큰 기대를 가지고 왔으니 산해진미로 부탁해요. 오랜만에 눈도 호강시키고 혀도 호강시키고, 가능하면 패션 신작 영감까지 얻어갔으면 해요."

"알겠습니다."

민규가 오더를 접수하고 돌아섰다.

잠시 후에 차가 나왔다. 그걸 본 세 사람의 눈이 휘둥그레졌다. 이유는 안드레 주의 차 때문이었다.

"……!"

찻잔을 들고 어이를 상실하는 안드레 주. 길두홍과 한명재의 차는 청서생맥자, 즉 원기회복에 갈증을 해소하는 차가 나왔지만 안드레 주의 차는… 거의 참기름이었다.

"셰프."

안드레 주가 민규를 바라보았다.

"참기름이 고소합니다. 쭉 들이키십시오."

민규가 담담하게 답했다.

"지금 조크이신가요? 참기름차라뇨? 이걸 먹으면 설사라도 할 것 같은데……"

"맞습니다. 설사를 위한 차입니다."

"……?"

"방금 전 제 요리로 눈도 호강하고 혀도 호강시키고 싶다고 하셨죠? 그러자면 그것부터 드셔야 합니다."

"최고의 약선요리를 먹으러 왔더니 참기름차… 이유를 물어도 될까요?"

안드레 주의 눈가에 칼각이 섰다.

"제 생각에 선생님의 위장에 문제가 있습니다. 기의 때가 끼었다고나 할까요?"

"기의 때?"

민규 설명을 들은 안드레 주, 허 하고 코웃음을 치더니 바로 파안대소를 터뜨렸다.

"기 이야기를 하니 기가 막히군요."

"……"

"손님이 왔으면 정성껏 요리를 내면 되는 것이지 맛난 요리를 즐기러 온 사람에게 무례하게 이런 걸 내밉니까? 이런 식으로 하니까 한국 요리가 세계적 명성을 못 얻는 거예요. 어린 나이에 방송에서 분에 넘치는 칭송을 받으니 본분을 망각

하셨나요?"

안드레 주의 눈에서 안광이 발사되었다. 세계적인 패션 디자이너라면 미국이나 프랑스의 레스토랑에서는 국빈급 대우를 받을 수도 있는 사람. 그렇기에 미슐랭 별 두세 개짜리 레스토랑에서도 어렵게 대하던 그녀였다. 그런데 느닷없는 참기름차를 내놓고는 기 운운하니 불쾌하기 그지없는 그녀였다.

"선생님 말씀대로 그냥 요리를 내놓는 건 어렵지 않습니다. 하지만 요리사는, 방송 배경으로 쓰이는 케이터링이 아닌 이상 자신의 요리가 그냥 식어가는 걸 원치 않습니다. 손님의 오감을 지나 위로 들어가 손님의 정기가 되기를 바라죠."

"그 말은 난해하군요. 그렇다면 셰프가 내가 먹을 수 있는 요리를 해오면 될 것 아닙니까?"

"요리를 잘 먹게 하기 위해서 전채를 드린 겁니다."

"전채? 이 참기름이? 식욕을 돋구는 한두 방울도 아니고 두 잔이나 되는 양이 전채라고요?"

"식욕을 돋구는 방법은 한 가지가 아닙니다. 좀 극단적이지만 선생님에게는 이 방법밖에 없습니다."

"셰프!"

"거절하신다면 죄송하지만 이 예약은 취소하겠습니다."

"……!"

민규의 폭탄 선언. 그 말에 길 박사가 뒤집어졌다.

"이 셰프. 대체 왜 그러는 거요? 뭐가 문제입니까?"

길 박사가 물었다.

"말 그대로입니다. 안드레 선생님은 위에 기의 때가 끼었습니다. 그걸 씻어내지 않으면 입맛이 돌아오지 않습니다."

"그럼 참기름을 마시면 위의 기가 정화된다는 겁니까?"

"그렇습니다."

"그러니까 설사로?"

"예."

"허어."

"기다려 보십시오."

민규가 가져온 건 죽순탕평채였다. 김순애 팀에게 내고 남은 분량이었다.

"다른 예약 손님을 위해 준비했던 요리입니다. 그러니 드시지는 마시고 냄새만 한번 맡아보시겠습니까?"

민규가 죽순탕평채를 내밀었다.

"오!"

"기가 막히군요."

길 박사와 한명재의 입이 쩌억 벌어졌다.

"죄송하지만 안드레 선생님도……."

민규가 안드레 주를 돌아보았다. 순간, 그녀 소매에 노랑나비가 내려앉았다. 하지만 짜증에 바친 그녀가 나비를 쫓아버렸다. 한명재의 권유까지 이어지자 안드레 주, 하는 수 없이 탕평채 냄새를 맡았다.

"아마 냄새가 별로일 겁니다."

"……"

민규 말에 안드레 주의 인상이 굳어버렸다. 민규 말은 사실이었다. 나쁜 냄새는 아니지만 그렇다고 식욕을 땡기지도 않았다.

"위장 때문입니다. 장담하건대 제 전채를 드시고 화장실에 다녀오시면 두 분 박사님처럼 이 냄새가 황홀하게 느껴질 겁니다."

"아니면요?"

"아니면 오늘 가능한 궁중요리, 약선요리는 다 해드리고 돈은 받지 않겠습니다."

"나쁘지 않군요. 설령 설사가 날지라도 여기 두 분은 실컷 드시게 될 테니."

안드레 주가 참기름차를 집어 들었다. 그녀는 코를 막고 단숨에 들이켰다.

참기름에 급류수.

효과 발현은 오래 걸리지 않았다.

"잠깐만요."

그녀가 화장실로 달렸다. 화장실 안에서 설사로 달렸다.

체질 유형―木형.

간담장―허약.

심소장—양호.

비위장—(……).

폐대장—양호.

신방광—보통.

포삼초—양호.

미각 등급—A.

섭취 취향—小食.

소화 능력—C.

주방으로 돌아온 민규는 요리 준비와 함께 그녀의 상지수
창을 복기하고 있었다. 그녀의 위장은 회색 연기처럼 탁했다.
그래서 리딩이 되지 않았다. 위장과 대장의 기가 막혀 버린 것
이다.

'토한하(吐汗下)…….'

한방에서 병을 치료하는 세 가지 방법…….

토해서.

땀을 내서.

설사로 내보내서.

민규가 택한 게 바로 설사였다. 그녀는 손발이 차 보였다.
물을 자주 마시니 갈증도 심했다. 이는 의서에도 나오는 증세
였으니 식욕을 구할 근본을 생각한 민규였다. 사실 초자연수
를 이용해 한 끼 정도 먹일 수는 있었다. 하지만 그건 눈가림

에 불과했다. 개업식 날부터 그런 꼼수를 쓰고 싶지 않았다. 더구나 길 박사가 일부러 모셔온 손님이었다.

촤아아!

쏴아아!

화장실에 파도가 일었다.

"……?"

설사를 하던 안드레 주의 고개가 갸웃 돌아갔다. 그리고 보니 이상했다. 통상 설사를 하게 되면 배가 아프게 마련이었다. 항문 마찰의 고통도 수반되는 게 보통이다. 하지만 이 설사는 그렇지 않았다.

"……!"

다시 테이블로 돌아온 안드레 주. 죽순탕평채 냄새를 맡고는 숨이 멈춰 버렸다. 꼴깍, 자신도 모르게 침이 넘어가 버린 것이다.

"제 말이 맞죠?"

민규가 웃었다.

"……."

안드레 주는 대답을 못했다. 너무나 착 맞아떨어진 민규의 처방. 도무지 할 말이 없는 것이다.

"그럼 곧 요리를 내오겠습니다."

―약선보리호박죽.

—궁중연근죽.

—궁중연근마전.

—궁중연근경단.

—우무정과.

—죽순탕평채.

—오이냉국.

　민규가 차려낸 상차림이었다. 잡다한 전채와 화려한 요리
구성은 포기했다. 안드레 주를 위한 배려였다. 그녀에게 죽을
내놓다 보니 두 박사의 상차림도 죽에 포커스를 맞춘 것이다.
그러나 죽만 내놓기는 뭣해 단출한 요리 몇 가지와 찬을 덧붙
여 허전함을 감췄다.

　연근가루 역시 미리 준비가 되어 있었다. 진흙이 좋은 뻘
에 뿌리를 뻗은 연근이었다. 중간에 해당하는 줄기는 버리고
양쪽 끝부분만을 재료로 삼았다. 깨끗이 손질한 후에 편으로
썰어 말리고 맷돌에 갈아 체에 내리면 끝이다.

　추가된 건 엿가루뿐이었다. 죽물은 방제수로 잡았다. 의사
라는 직업도 많은 스트레스를 받는다. 그렇기에 눈을 밝게 하
고 마음의 안정을 도모해 주었다. 죽은 팥죽과 색감이 비슷했
다. 궁중연근죽에는 사연이 있다. 몸이 아픈 왕 경종에게 올
렸지만 쇠약한 왕이 끝내 맛보지 못한 것.

　죽 하나지만 경종에게 다시 올리는 마음으로 쑤어냈다. 노

릇하게 익어나온 연근마전은 그대로 한 장의 그림. 뽀얀 연근 가루를 입은 연근 경단이 더해지니 요리 기분이 물씬 나왔다.

"와우, 100년 전 대갓집 손님상을 받은 기분인데요?"

한명재가 먼저 반색을 했다. 길 박사 역시 싫지 않은 눈빛이었다. 다만 한 사람, 안드레 주의 시선은 좀 달랐다. 그녀 앞에 놓여진 건 달랑 보리호박죽 한 그릇.

불린 보리에 찐 호박을 넣고 죽을 쑨 후에 잣가루를 뿌려 모양을 낸 게 전부였다. 물론 죽물에는 몸속 깊은 병의 치료를 돕는 천리수와 음양의 조화를 위한 생숙탕 초자연수가 들어갔지만 그녀 눈에 보일 리 없었다.

찌뿌둥한 그녀 얼굴. 하지만 민규는 걱정하지 않았다. 요리의 풍미가 그녀를 유혹하고 있었던 것. 그렇다면 먹지 않고 배길 재간은 없었다.

"……?"

불편한 그녀 눈에 뭔가가 보였다.

'생깻잎 조각……'

그녀의 시선은 죽 안의 깻잎쪼가리에 고정되었다. 뽀얀 잣가루 안에 잠겨 있는 깻잎들. 하나도 아니고 여럿이었다.

"약선보리호박죽입니다. 선생님의 체질은 시고 고소한 맛이 필요한데 그동안은 좀 소홀하셨을 겁니다. 그래서 그런데 좋은 기를 가지고 있는 좋은 보리와 잣가루에 비위를 돕기 위해 호박을 재료로 써서 만들었습니다."

"이건요?"

그녀가 깻잎을 가리켰다.

"깻잎도 선생님 체질에 필요한 맛입니다. 여기서는 드시라
는 의미가 아니라 방금 설사를 하셨기에 음식을 급하게 드시
면 좋지 않을 수 있어 속도 조절을 위해 첨가했습니다. 죽 드
실 때 걸러내시면 고맙겠습니다."

"……."

"그럼 맛나게 드시기 바랍니다."

말과 함께 민규가 물러났다.

"허헛, 이거 일이 이렇게 되나? 내가 모시고 왔는데 정작 안
드레 선생님께는 죽만 드리게 되니 송구하군요."

길 박사가 어깨를 으쓱해 보였다.

"괜찮습니다. 개의치 마시고 드세요."

조용한 미소를 지은 안드레 주. 심드렁하게 죽 한 숟가락을
퍼 들었다. 죽이 입으로 들어갔다.

"……!"

순간, 안드레 주의 식욕 뇌관에 폭발이 일었다. 예기치 못한
충격파였다.

'이것?'

깊게 생각할 것도 없이 옥침이 넘어왔다. 죽은 저절로 넘어
갔다.

'뭐야?'

다시 한 숟가락을 떴다. 이번에는 조금 양이 많았다. 하지만 그 또한 맛을 다 음미하기도 전에 목구멍이 반응을 했다. 손도 마찬가지였다. 의지보다 빠르게 죽을 푸고 있었다. 욕심을 부리다 보니 깻잎 조각이 딸려왔다. 그제야 알았다. 셰프가 왜 깻잎 조각을 집어넣은 건지.

'맙소사.'

안드레 주의 가슴이 철렁했다. 손님의 몸 상태까지 고려하는 요리. 이게 바로 약선요리가 아닌가? 거기다 다시 소매에 내려앉은 노랑나비. 아까와 느낌이 달랐다. 약선의 분위기와 딱 어울리는 나비들이었다.

"괜찮으십니까?"

앞자리의 한명재가 물었다.

"네……."

안드레 주가 서둘러 답했다. 그사이에도 죽 푸는 손은 쉬지 않고 움직였다.

"아이고, 이거 황송해서 진짜… 할 수만 있다면 내가 그 죽을 먹고 이 요리를 드시게 할 걸요. 담백하면서도 정갈한 맛이 기가 막히네요."

"죄송하지만 그 요리에 관심 없거든요."

이제는 죽 그릇을 집어 든 안드레 주가 응수했다.

"예?"

"아, 말시키시는 바람에 깻잎까지 먹어버렸네?"

"예?"

"이 죽 말이에요. 마치 길거리에서 최고의 핏을 가진 모델감을 만난 기분이에요. 세상에, 보리호박죽에 이런 감칠맛이라니."

"안드레 선생님."

"말시키지 마세요. 그리고 아까 못나게 짜증 낸 거 사과드려요. 그냥 갔으면 큰일 날 뻔했어요."

"……"

"사실 호박죽을 내길래 어릴 때 동요가 생각나 저 셰프가 나를 끝까지 놀리나 싶었는데… 보리알 하나하나의 맛, 호박 물결 하나의 맛, 거기에 고소하게 끼어드는 잣가루… 제 입맛이 완벽하게 부활한 것 같아요. 마치 흑백의 단조로운 디자인으로 동심을 주제로 내세웠던 11년 전 서울 컬렉션의 그 감격이랄까요?"

"……"

"셰프!"

안드레 주가 민규를 불렀다.

"죄송하지만 이 죽 조금만 더 먹어도 될까요?"

빈 그릇을 든 그녀가 민규를 바라보았다. 그 눈빛은 이제 애정이 넘치고 있었다.

"설사 때문에 안 되지만 제가 소화에 좋은 약수를 넣은 것이니 조금만 더 드리겠습니다."

민규가 기꺼이 답했다.

죽은 3분의 1 정도를 더 내주었다. 이제는 생깻잎을 띄우지 않았다. 그럴 필요가 없었던 게 안드레 주의 속도 때문이었다. 남은 죽은 몇 순가락. 그녀도 그걸 알아 아끼고 또 아꼈다. 입 안에서 음미하고 또 음미했다. 그 몰입은 마치 패션 현장의 그녀와 같았다.

꼴깍!

마지막 한 모금의 죽이 그녀의 목울대를 넘어갔다. 그녀는 오랫동안 눈을 뜨지 않았다. 맛의 여운을 즐기는 것이다.

길 박사가 민규를 향해 엄지를 세워주었다. 한명재는 양손의 엄지를 세웠다.

"고마워요, 그리고 무례했던 거 미안해요."

식사를 마친 그녀가 민규에게 말했다.

"아닙니다."

"이 죽 다시 또 먹고 싶네요."

"다음에는 다른 요리를 드셔야죠? 이제 기가 뚫렸으니 어떤 요리도 문제없을 겁니다."

"말만 들어도 행복한데요?"

그녀가 웃었다. 몸의 불편함이 사라지니 미소의 각도 무뎌졌다. 그러자 그녀의 세련됨이 더 부각되었다.

찰칵찰칵!

그녀와 기념사진을 찍었다. 사인도 받았다.

"흐음, 안드레 선생님이 좋아하시니 우리도 불안과 긴장에서 해방입니다."

길두홍과 한명재가 입을 모았다.

"어머, 제가 그렇게까지 공포 분위기였어요?"

"좀 그랬죠? 아까 동요 얘기하시던데 그때 호박국 노래가 배경음악으로 나왔었죠? 아귀는 안 맞지만 맥락은 되는 노래 같네요. 삐졌다, 따졌다 부엌문 열어라. 호박국 끓여라 삐리리 삐리리리."

"아유, 박사님도 정말……"

구겨졌던 패션 여왕 안드레 주의 표정이 밝게 펴졌다.

4. 톱스타들의 테이블

"형, 아까 그 여자분, 굉장한데?"

안드레 주가 떠나자 종규가 핸드폰을 내밀었다. 안드레 주의 관련 검색어였다. 의상 한류를 시작으로 이어지는 그녀의 경력과 위상은 화려하기 그지없었다. 더욱 재미난 건······.

'루이스 번하드?'

파리의 끝내주는 미슐랭 별 레스토랑에서 찍힌 화보 사진. 그녀는 루이스 번하드와 함께였다. 옆에는 다른 미식가들도 있었다. 거기에 이어지는 또 하나의 충격······.

"······!"

이번에는 청와대 영부인이었다. 전직 대통령의 영부인도 있고 현직 대통령의 영부인도 있었다. 알고 보니 그녀는 영부인들의 의상 코디는 물론, 그녀들이 추진하는 의상 한류의 선봉장 역할도 겸임하고 있었다.

"엄청나지?"

종규의 목소리에는 설렘이 배어 있었다.

"그렇네."

"형은 미리 알았어?"

"아니."

"으아, 그래도 그렇지. 이렇게 유명한 사람에게 똥질이나 시키고……."

"아니면? 굽신굽신거리며 요리 바치랴?"

"아니, 그건 아니지만 내가 아는 우리 형은 대체 어디 갔대? 형이 완전 포스덩어리야."

"너도 오늘 내일 하며 골골거리는 동생 돌봐봐라. 심장이 강철로 변하지 않으면 하루도 못 버티니까."

"그건 쏘리."

종규가 머쓱하게 웃을 때였다. 테이블을 치우던 재희가 민규를 불렀다.

"셰프님."

"응?"

돌아보던 민규의 시선이 두 남자에게 멈췄다. 저 위 차 약선방의 두 남자 차만술과 김천익이었다.

"이야, 이거 진짜네? 내가 아는 이민규가 여기 새 주인?"

차만술이 어슬렁 마당으로 들어섰다.

"안녕하세요?"

민규가 인사로 맞았다.

"어이, 한 가지만 미리 물어보자고. 이 가게 누구 거야? 니 거야? 아니면 요리 책임자야?"

"제 가게입니다만."

"다시 한번?"

"제 가게입니다. 뭐가 잘못됐습니까?"

"뭐? 뭐가 잘못됐냐고?"

되묻는 차만술의 미간이 확 구겨졌다.

"예. 제 가게 맞습니다."

"으아, 이 친구 봐라? 아주 상도의는 쌈 싸먹어 버렸네? 아 주 당연한 듯이 말하네?"

차만술이 몸서리를 쳤다. 그렇잖아도 보리밥집 주인이 바뀐 것 같아서 마음에 걸리던 차만술. 그 마음을 간파한 김천익 이 몰래 분위기를 엿보다가 민규를 보았다. 눈알이 뒤집힌 김 천익이 그 길로 보고를 했다. 그렇기에 숨도 고르지 않고 달려 온 차만술이었다.

"그렇잖아도 숨 좀 돌리면 인사나 드릴까 했습니다만."

"인사? 무슨 인사? 그리고 누구 마음대로 여기다 가게를 내? 누구 마음대로?"

"대한민국에서 음식점은 신고만 하면 되는 거 아닙니까?"

"누구 마음대로? 나한테 허락을 받아야지!"

차만술의 핏대가 점점 높아졌다.

"맞아. 여기 개척한 사람이 누군데."

김천익의 아부 신공도 보조를 맞췄다.

"왜요?"

"내가 여기서 약선요리 길 닦아놨잖아? 여기 다 내 반경이라고. 그러니까 나한테 허락을 받아야지."

"그거 억지인 거 아시죠?"

"뭐가 억지야? 아, 놔… 이거… 완전 뒤통수 맞았네?"

"아무튼 인사가 늦은 건 미안하게 생각합니다. 앞으로 잘 부탁드립니다."

"닥쳐, 뭘 부탁해? 지금이라도 간판 내려."

"예?"

"좋은 말할 때 들어. 솔직히 니가 나한테 깜냥이 돼? 보아하니 내 단골 빼먹으려고 여기로 온 모양인데 어림없어. 그러니까 좋은 말할 때 업종 바꾸라고. 괜히 깡통 차고 징징거리지 말고."

"사장님 단골 빼먹을 생각 없고요 깡통 찰 생각도 없습니다. 그러니 그만 돌아가 주시죠. 예약 손님 오실 시간이거든요."

"예약 손님? 니 주제에 예약이래 봤자 잘난 친구 놈들 몇 몰

려올 테지. 그런 놈들 와봤자 꼴랑 한 번이지 영업에 도움 안
돼. 그러니까……."

빵빵!

그때 차만술 뒤에서 경적소리가 울렸다.

"형, 소녀파워야!"

종규가 소리쳤다. 차만술이 놀라 비키자 차 문이 열렸다.

"……!"

차에서 내린 손님들의 퀄리티를 본 차만술. 바로 현기증이
일었다. 손님들이 아니라 여신 강림이었다. 소녀파워 다섯 멤
버와 매니저, 거기에 뮤지컬 여가수 둘이 더불어 내린 것이다.

화려한 의상에 시원한 마스크. 이제 나이가 훌쩍 깃들었지
만 그게 오히려 약선요리집에는 더 잘 어울리고 있었다.

느닷없는 연예인들의 등장에 넋을 놓은 차만술이 김천익에
게 기대며 중심을 잡았다. 하지만 몸이 멈추지 않았다. 김천익
역시 소녀파워의 농익은 관능미에 흘려 넘어가고 있는 중이기
때문이었다.

"셰프님!"

소녀파워 멤버들이 민규에게 몰려들었다. 그녀들 머리 위로
노랑나비가 나풀거렸다.

"같이 뮤지컬 하는 후배들도 데려왔어요. 셰프님 가게 간다
니까 막무가내로 따라나서잖아요?"

멤버들이 입을 모아 수다를 떨었다.

"빨리 요리해 주세요. 오면서 흘린 침이 생수병 한 통이에요."

이제는 아예 합창을 해댔다.

"아, 밥은 꼭 빼먹지 말고 부탁해요."

"와아, 나비다, 나비!"

소녀파워 멤버들은 소녀로 돌아간 것만 같았다.

"사장님."

그제야 정신을 차린 김천익이 차만술을 부축했다.

"됐거든."

차만술이 그 손을 쳐버렸다.

"사장님……."

"쟤들 뭐야? 포스를 보니 술집 도우미들은 아니고……."

"원조 걸그룹 소녀파워잖아요? 제가 엄청 좋아했던 레전드들인데……."

"뭐? 누가 좋아해?"

"죄송합니다."

"허, 이거 내가 눈에 뭐가 쓰였나. 이 가게 주인이 저놈이라니……."

"아무래도 긴장하시는 게……."

"뭐야? 긴장?"

"어제 보니까 방송에도 나오더라고요. 아무래도 어디 가서 요리 득도를 한 게……."

"무슨 헛소리야? 저놈이 무슨 원효대사라도 돼?"

"그건 아니지만……."

"안 되겠어. 저 입구에다 입간판 하나 더 세우든지 해야지."

"예?"

"그리고, 이 집은 왜 이렇게 나비가 많아?"

"연못 때문 아닐까요?"

"누군 연못 없어? 가게에 꽃도 꿀 많이 나는 놈으로 더 심어야겠어. 여기 나비 싹 끌어오게."

"……."

"두고 보라고. 껍대가리 상실한 이민규 놈, 내가 반드시 쪽박 차게 해줄 테니까. 여기 있던 보리밥집처럼 말이야."

차만술은 흥분을 감추지 못하고 발길을 돌렸다.

그와 상관없이 주방의 민규는 흥이 올랐다. 안드레 주처럼 많은 신경을 써야 할 손님들이 아니었다. 그녀들은 아직 젊고 건강했으니 마음껏 솜씨를 부릴 시간이었다. 딱 한 사람만 제외하고.

"재희야, 부탁해!"

대기 중인 재희의 주의를 환기시켜 놓았다. 식욕을 돋구는 요수를 떨군 꽃송이버섯샐러드가 서전을 장식했다. 당근 소스에 젖은 흰 꽃송이버섯에 포인트로 올라간 시금치나물 두 쪽과 방울토마토 반쪽은 산수화에 다르지 않았다. 부드러우면서도 아삭하게 씹히는 뒷맛이라니…….

"아아아, 완전 행복해."

"우화아!"

"좋다. 나 오늘 여기서 먹다 죽는다."

"나는 어떡해? 드라마 준비로 다이어트 중인데?"

"기집애, 그냥 먹어. 살은 내일부터 빼면 되지."

소녀파워 멤버들의 미각은 바로 무장해제를 당해 버렸다.

함께 출격한 생마 블루베리 또한 산뜻함의 극치가 되었다. 하얀 생마 위에 올리고 대나무 손잡이를 찔렀다. 블루베리에는 호두 잼을 살짝 발라 마의 심심한 맛에 포인트로 삼았다.

약선요리집이라면 누구나 내는 대나무통밥, 돌솥오곡밥, 영양약식, 약선한방밥······.

그런 건 식상했다. 민규는 오직 곡류의 참맛을 살린 다섯 품종의 다섯 가지 밥을 지어냈다.

쌀!

그 단단한 한 톨은 여든여덟 번의 손길이 빚어낸 보석이었다. 요즘은 이양기와 콤바인을 이용해 모든 과정을 줄여 버렸지만 민규가 골라온 쌀들은 유기농이었다. 유기농 쌀은 '생략'을 용서치 않는다.

1910년, 당시 우리나라에서 농가에는 토종벼가 1,500여 종이나 있었다. 하지만 지금 전하는 토종벼는 그렇게 많지 않다. 민규가 구한 건 버들벼, 자광도, 화도, 대춘도, 장끼벼, 아가벼 등의 여섯 종. 거기에 좁쌀과 수수, 보리쌀 등의 곡류를 더해

밥을 지어냈다.

백미, 홍미, 청미, 황미, 흑미······.

김이 모락거리는 다섯 가지 쌀밥. 대나무 청잎으로 칸을 나눈 청대나무에 가지런히 담아냈다. 그보다 작은 청대나무에는 노란 좁쌀과 수수, 보리밥을 담았다. 그야말로 밥의 축제였다.

밥에 딸린 소박한 매생이된장국.

식용꽃잎으로 장식한 궁중오색전병.

김과 붉은 실고추로 고명을 올린 약선흑임자묵.

비름나물을 올려 변비 해소를 돕는 두부돈까스.

리본처럼 꼬아낸 궁중매작과.

초록 잣잎을 깔아 운치를 더한 궁중잣경단.

말린 황밤을 가루 내 밤살로만 만들어낸 약선율란.

연지곤지보다 고운 약선오미자양갱.

시원하고 고소한 궁중배추선······.

정성 들인 요리들이 테이블을 채우자 소녀파워와 뮤지컬 가수들은 벌린 입을 다물지 못했다.

"와아!"

"와아아!"

박수······.

박수가 먼저 나왔다.

찰칵, 찰칵!

카메라가 먼저 먹었다.

"세상에……."

"어쩜……."

몇몇 멤버들의 눈가에는 눈물도 맺혔다. 많은 약선요리집을 다녀본 대한민국 최고의 가수들. 돈과 명예에 미모까지 움켜 쥔 그녀들이었지만 이런 약선은 처음이었다. 그저 흉내만 내는 다른 곳과는 차원이 달랐던 것이다.

"얘, 얘… 너희들 프랑스 엘리제궁에 초대받았을 때 생각나지 않니?"

"맞아. 그때 요리도 굉장했지? 프랑스 무슨 훈장받은 셰프가 펼친 만찬이었잖아?"

"나는 그게 내 인생 요리인 줄 알았어. 하지만 나 그거 지워 버린다. 이 셰프님 요리가 더 마음에 들어."

"이게 말로만 듣던 그 만한전석 아닌가요?"

멤버 하나가 민규를 돌아보았다.

"저희 가게 만한전석이라고 해도 무방하겠네요. 밥 식기 전에 드셔보시죠. 녹화 때보다 다양하게 준비했습니다. 우리 쌀은 세계적으로 빠지지 않는 식재료니까요."

"와아, 이 밥… 이건 밥이 아니야. 그냥 예술이지."

멤버 하나의 젓가락이 움직였다. 식사를 알리는 몸짓이었다.

"아아아!"

멤버들이 하나둘 쓰러지기 시작했다. 약간의 과장이 섞였지만 그만큼 맛이 좋다는 뜻이었다. 이제는 스튜디오도 아니니 굳이 연기를 할 필요도 없다. 게다가 지금은 그녀들이 값을 치르고 먹는 요리가 아닌가? 지금 이 순간, 그녀들은 대한민국 톱스타가 아니라 대한민국 톱 걸신들이었다.

"으아, 진짜… 나 그날 녹화장에서 우리 언니들 연기가 절정에 이르렀다고 생각했는데 그게 연기가 아니었네. 이거 밥 맞아요? 보통 쌀 아니죠?"

맛에 취한 매니저가 민규에게 물었다.

"유기농에 토종품종이지만 보통 쌀 맞습니다."

"으아, 보통 쌀로 이런 맛이라니……."

"쌀이 밥상에 오르기까지는 엄청난 과정을 거치지요. 볍씨를 탈곡하고, 소금물에 담가 쭉정이를 고르고, 모판을 안치고 못자리를 만들고… 논둑정비, 물대기, 써래질, 번지질, 못줄 만들기, 모내기, 풀매기, 피살이, 벼베기, 탈곡… 한 번, 한 번 씹을 때마다 그 과정을 떠올리면 맛이 더 좋아질 겁니다."

"그러고 보니 셰프님이 그 과정 하나하나의 맛을 살려낸 거로군요?"

"그러려고 노력했습니다. 식재료에는 그들이 자란 기억이 있거든요. 그 좋은 기억을 꺼내놓으면 맛이 더 좋아집니다."

"이야, 역시 된 셰프님들은 식재료의 감성까지 요리해 내신다니까."

매니저가 흡족한 미소를 지었다.

밥은 잘도 줄어들었다. 한번 손을 대면 멈출 수 없는 손길. 민규 밥의 마법이었다. 종규가 부른 노랑나비들이 테이블을 돌며 춤을 추었다.

'하아!'

이 감탄은 민규의 것이었다.

내 가게…….

거기 앉은 대한민국 최고의 손님들.

그 최고라는 레벨보다 더 중요한 그들의 만족도.

거기에 이제 건강해져서 동분서주 민규를 돕고 있는 종규와 재희.

더 바랄 게 없는 한 장면이었다.

"셰프님, 후식 준비하셔야죠?"

멍 때리는 민규 뒤에서 재희가 재치 있게 속삭였다.

"아!"

그제야 민규가 주방으로 뛰었다.

—선홍의 오미자차에 호두 크기 고구마 반죽구이.

미리 준비한 재료 앞에 선 민규. 하지만 엉뚱한 요리 재료를 집어 들었다. 돼지의 콩팥이었다. 돼지콩팥. 아무리 봐도 소녀파워의 테이블과는 불협화음으로 보이는 재료. 빙그레 미소를 머금은 민규의 손이 날렵하게 콩팥을 절개하기 시작했다.

'윤화.'

민규가 손질하는 콩팥에 겹치는 건 멤버 중에서도 윤화였다. 그녀의 상지수창 때문이었다. 신방광이 병약해 보였다.

'요통.'

그녀의 애로 사항이었다. 허리 부분에 혼탁이 선명했다. 그렇기에 몸놀림도 다른 멤버들과 달리 활기차지 않았다. 그래서 따로 준비한 재료였다.

절개한 콩팥에 작두콩 3개, 소회향과 오수유에 파고지를 더한 후 익혀내면 끝이다. 이는 신장의 허증으로 오는 요통에 쓰는 명방약선이었다. 원래는 통째로 두고 먹지만 테이블의 분위기상 원방대로 낼 수 없었다. 약선이라고 해도 오늘의 분위기로는 몬도가네 취급을 받을 판이었다.

약재료를 달였다. 콩팥의 잡내를 잡은 후에 다져 다린 약재 물을 넣고 죽으로 쑤어냈다. 보너스로 들어간 건 마비탕 한 방울이었다.

"특별식입니다."

약선돼지신장죽.

민규가 이름을 감춘 약선죽을, 윤화에게만 내밀자 멤버들이 난리가 났다.

"허리가 불편하신 거 같아서요."

민규의 배려심에 멤버들의 시기심이 잠들었다.

"그렇잖아도 고질인데 이거 먹으면 나을까요?"

윤화가 물었다.

"다 드시면 가뜬해질 겁니다."

민규가 죽 위에 돌소금을 뿌려주었다.

윤화가 약선죽을 뜨는 걸 보고 대미 장식에 돌입했다. 이제
는 후식이었다.

빚어낸 고구마 반죽을 빚어 숯불 위에서 겉만 노릇하게 구
워냈다.

고구마 생껍질을 접시에 깔고 솔잎으로 포인트를 준 후에
요리를 올려 운치를 더했다. 하지만 정작의 포인트는 노릇하
게 구워진 표면의 저 안에 숨어 있었다.

"어머!"

후식 고구마구이를 문 멤버들이 자지러졌다. 안에서 나온
고소함의 폭풍 때문이었다. 안에 숨은 맛은 한 알의 호두였
다. 그걸 통째로 넣은 후 고구마 반죽을 두르고 표면을 구워
냈던 것. 마지막까지 그녀들의 혀를 사로잡으며 연회가 끝났
다.

"아, 내일 또 오고 싶다."

멤버 하나가 흐물거렸다.

"나는 아주 저 옆으로 이사와야겠어. 맥 풀릴 때마다 셰프
요리로 기 충전하게."

멤버들이 한마디씩 할 때 윤화의 비명이 나왔다.

"어머!"

"어, 왜 그래?"

"내 허리······."

윤화가 허리를 짚고 일어섰다.

"또 아파?"

"아니, 하나도 안 아파."

"······?"

"이것 봐. 허리가 꼿꼿하게 서잖아?"

"우와!"

멤버들의 시선이 민규에게 향했다. 민규는 조용한 미소로 화답했다.

"셰프!"

윤화가 엄지를 세워주었다.

찰칵찰칵!

사진을 찍었다. 민규와 소녀파워, 그리고 뮤지컬 가수들이었다.

"나 셰프님이랑 단둘이 찍을래."

윤화가 먼저 튀었다.

"저도요. 친구들에게 자랑질 좀 해야겠어요."

매니저가 그 뒤를 잇고,

"우리도요."

뮤지컬 가수들도 그 행렬에 동참했다. 이 테이블의 귀빈은, 민규였다.

찰칵!

사진들이 말하고 있었다.

"형!"

주방 밖에서 숯불에 굴비를 굽고 있을 때 종규 목소리가
났다.

"SOS, 이거 맛이 이상해."

종규의 헬프를 듣고 주방으로 향했다. 종규는 궁중떡볶이
를 만들고 있었다. 저녁 식사용이었다.

"오빠가 망쳐 버렸어요."

옆에 있던 재희가 상황 보고를 했다.

"야, 망치긴 누가 망쳐? 간이 좀 안 맞는 거지."

"좀이 아니고 소태!"

"너 진짜……."

옥신각신하는 둘을 밀어내고 간을 보았다.

'읍!'

짠맛이 확 올라왔다.

"너 이거 내가 알려준 대로 안 했지?"

"응."

종규가 바로 자수를 했다.

"간 몇 번에 맞췄어?"

"네 번."

"그럴 줄 알았다. 요리는 한 번에 간 못 맞추면 필연 짜게 되어 있어."

"그럼 이거 버려야 하는 거야?"

종규가 울상이 되었다. 딴에는 피곤한 민규를 돕기 위해 자청한 요리. 소고기에 표고버섯까지 왕창 때려넣고 야심차게 휘저었는데 이 꼴이 되니 난감한 모양이었다.

짠맛!

가장 골칫거리다. 보통은 매운맛과 단맛을 더해 짠맛을 감춘다. 시판되는 과자들은 대개 후자를 택한다.

"잠깐만."

재료를 섞는 척하며 육수 반수저를 보탰다. 초자연수 우박이 더해진 물이었다. 짠맛이 조금 줄어들었다. 거기에 순류수를 추가하자 맛이 제대로 돌아왔다.

"이제 된 거 같은데?"

"우와, 매직!"

맛을 본 재희가 엄지를 세워 들었다.

"거봐라. 아주 망친 건 아니라니까."

종규도 기가 살았다. 셋은 궁중떡볶이로 저녁을 대신했다. 빨리 먹고 다음 예약을 진행해야 하기 때문이었다.

"궁중떡볶이는 다르네요. 소고기에 표고버섯에……."

재희는 이 요리가 마음에 드는 모양이었다.

"야야, 나한테 물어봐. 내가 레시피 외우고 있거든."

종규가 신바람을 냈다.

궁중떡볶이는 옛날 궁궐의 왕자와 공주들의 간식으로 많이 쓰였다. 고추장 대신 간장을 사용해 간장떡볶이로도 불린다. 맛은 현대의 떡볶이와 완전히 달라 잡채 맛에 비유된다. 당면 대신 떡을 넣었다고 보면 이해가 쉽다. 떡이 있기에 한 끼 식사 대용으로도 손색이 없었다.

"재희가 많이 먹어라."

민규가 재희를 챙겼다.

"셰프님이 많이 드세요. 종일 고생하셨잖아요?"

재희가 부르는 호칭은 셰프님이었다. 원래는 오빠였지만 서빙을 맡은 후로 민규의 요리에 반한 재희. 바로 호칭부터 고쳐 놓았다.

"고생은? 요리사에게 요리는 작품이거든. 내 작품이 손님들 배 속에서 정기라는 꽃을 피운다고 생각하면 하나도 힘들지 않아."

"너무 멋져요."

"다 먹으면 바로 퇴근하고."

"에?"

재희는 떡볶이를 문 채로 울상이 되었다.

"첫날이잖아? 아직은 무리하면 안 돼."

"뭐가요? 제 병의 주치의 셰프님 옆에 있는 게 더 안전하지."

"응?"

"오빠, 내 말이 맞지?"

재희가 종규의 동의를 구했다.

"맞기는 한데 부셰프. 왜 형은 셰프고 나는 오빠야?"

"쳇, 오빠는 자격증도 없고 요리도 못하잖아? 떡볶이도 다 망치고……."

"야!"

"됐고, 아무튼 오늘은 퇴근이다. 아니면 아예 이거야."

민규가 목을 그어 보였다. 재희에게는 엄청난 협박이었다.

"알았어요."

시무룩해진 그녀에게 도시락 두 개를 건네주었다.

"부모님 가져다 드려. 개업식 음식이라고 하고."

"열어봐도 돼요?"

"물론."

"어디 보자."

재희의 신경이 도시락에 집중되었다. 그리고…….

"와아!"

도시락 뚜껑을 연 재희가 소스라쳤다. 도시락의 위엄 때문이었다. 일단은 밥. 노란 좁쌀을 더한 쌀밥은 좌르르 기름기가 흘렀다. 시선이 찬으로 옮겨갔다. 통통한 조기가 노릇 요염하게 누운 자태를 따라 된장구이 두부가 세 조각 놓이고, 두릅과 가죽나물무침 옆으로 오가피장아찌가 놓였다. 그 둘레에는 연근조림과 돌나물 띠에 앵두편과 오미자편. 마지막으로 자리한 새하얀 마 두 조각은 최고급 요리에 버금가는 구성이 틀림없었다.

"셰프님……."

"도시락은 말이야, 뚜껑을 열었을 때의 구성이 가장 중요해. 거기서 구미가 당기지 않으면 꽝이거든. 마음에 들어?"

"너무너무요. 아빠가 너무 좋아할 거 같아요."

"정말 요리 배우고 싶으면 말이야… 부모님이 맛보시고 배울 만하다고 하면 내일도 오고, 부모님이 아닌데? 하시면 며칠 도와주다 다른 길 찾아. 요리라는 거 굉장히 어려운 길이거든,"

"알아요. 하지만 병원 침대에서 죽을 날 기다리는 것만 하려고요."

재희가 웃었다. 그 미소는 철부지 열아홉의 그것이 아니었다. 큰 병을 앓은 사람들. 나이보다 어른이 된다. 종규를 통해 누구보다 잘 아는 민규였다.

"아무튼 퇴근. 오늘은 정말 수고했어."

그렇게 재희를 보냈다.

물론 민규는 알고 있었다. 그녀는 내일도 올 것이다. 하지만 먼 길 가는 사람은 가족의 지지가 필요했다. 그 지지가 외로움의 버팀목이 되기 때문이다. 다행히 민규가 방송에 나오는 바람에 재희의 부모님 설득에 도움이 되었겠지만 그분들은 아직 민규의 요리 맛을 못 본 상태. 예고편으로 판단을 도운 후에 기회가 되면, 나중에 한 끼 모실 생각이었다.

"재희 주려고 굴비 구웠구나?"

묻는 종규의 볼이 상기되어 있었다. 저도 기분이 좋은 모양이었다.

"맛을 볼 일도 있었고."

"먹방여신 홍설아가 굴비 예약이야?"

"아니, 그건 아니고 일종의 테스트."

"왜? 제일 좋은 것으로 골랐잖아?"

"그래도 맛은 봐야지. 식재료라는 거, 의외성이 많거든."

주방에서 손을 씻었다. 그때 택배 차가 들어왔다. 이모가 보낸 해초였다. 퀄리티는 기가 막혔다. 바다에서 갓 건져낸 자연산들이었다.

"이모, 이거 대물 해초네요. 정말 고맙습니다."

바로 전화를 걸었다. 재기에 박차를 가하는 이모부와도 통화를 했다.

―이모 병 고쳐줘서 고마워. 거기 다녀오더니 팔팔 날아다니네. 내가 조카처럼 요리 박사는 아니지만 해초 박사는 되잖아? 뭐든지 말만 해. 감태나 청태는 물론, 매생이, 분홍애기풀, 애기마디잘록이에 해녀들이 최고로 꼽는 서실나물까지 다 책임질 테니까.

이모부의 목소리는 밝았다. 성실하고 신용 있는 사람. 이번에는 사기당하는 일 없이 쭉쭉 뻗어나가기를 바랐다.

'오늘의 마지막 예약자······.'

푸짐한 해초를 보니 푸짐한 홍설아 얼굴이 떠올랐다.

홍설아!

그녀의 차가 멈췄다.

딸깍!

차 문이 열렸다. 제일 먼저 튀어나온 사람. 그 '여자'를 보고 민규 눈이 휘둥그레졌다.

"요리사 선생님!"

고요를 깬 귀요미는 홍항아였다. 유치원 편식 교정 출장 요리에서 만났던 그 막강 편식공주······.

"안녕하세요?"

뒤를 이어 홍설아가 내렸다. 두 자매는 엄마와 함께였다.

"내가 셰프님 식당에 간다니까 애가 더 설치는 거 있죠? 할 수 없이 같이 왔어요."

홍설아가 웃었다.

"잘하셨습니다. 들어가시죠."

민규가 실내로 안내했다. 연못가에 조명을 밝혔지만 밖은 이미 먹물에 물든 밤. 날벌레들까지 조명을 따라 날고 있으니 연못 테이블은 쓰기 어려웠다.

"와아, 분위기 좋은데요?"

"분위기 좋아요."

홍설아의 말에 홍항아가 장단을 맞췄다.

"셰프님하고 딱 어울리는 가게인데요?"

"딱 어울려요."

"소품도 약선 냄새 물씬 풍기고……."

"물씬물씬."

"야, 홍항아!"

홍설아의 견제구가 날아갔다.

"뭐?"

무심 타법으로 응수하는 홍항아. 저럴 때 보면 진짜 애늙은이가 따로 없었다.

"너 내가 예약한 자리에 곁다리로 따라와서는 왜 태클이야?"

"요리사 선생님은 내가 먼저 알았거든."

"난 돈 주고 먹으러 왔거든?"

"나도 돈 있거든."

홍항아가 만 원짜리 한 장을 흔들었다.

"야, 셰프님 요리는 비싸서 그 돈으로 못 먹거든?"

"에? 진짜요?"

언니의 빡센 응수에 홍항아의 눈빛이 팍 가라앉았다. 민규는 씨익 미소 지으며 답을 대신했다.

"되죠?"

홍항아가 다시 물었다.

"편식만 안 한다면 당연히 되지."

"저 편식 안 해요. 시금치도 먹고 당근에 양배추도 먹고, 이제는 젓갈도 먹어요."

홍항아가 또박또박 설명을 했다.

"이야, 그럼 상으로 돈 안 받고라도 요리해 줘야지."

"봤지?"

언니를 바라보는 항아의 어깨에 잔뜩 힘이 들어갔다. 큼, 그러다 목을 고르는 항아. 감기 기운이 살짝 엿보이고 있었다.

"어휴, 알았다. 알았어."

홍설아가 두 손을 들었다.

"아까 소녀파워 언니들 다녀갔죠?"

테이블에 앉은 홍설아가 물었다.

"네."

"통화했어요. 맛의 천국에 다녀가는 길이라고……."

"그분들이 식성이 좋아 잘 먹어주신 덕분이죠 뭐."

"아니에요. 그 언니들 얼마나 까탈스러운데요? 웬만한 음식점, 전부 컴플레인 대상이라고요. 저번에도 인천의 80년 자연식 맛집 찾아갔다 와서 SNS에서 불평을 가득 쏟아놓았어요. 맛집이라는데 다시는 안 간다고……."

"예……."

"실은 그것보다 윤화 언니 말이에요, 셰프님이 기막힌 약선요리를 해주셨다고 하던데……."

"아, 예. 그분이 허리가 좀 안 좋은 거 같아서요."

"우리 어머니도 좀 될까요? 저번에 비 맞은 후로 아주 기어 다시네요. 그래서 함께 모셔왔는데……."

홍설아의 시선이 엄마에게 향했다. 보기보다 효녀인 모양이었다.

'水형……'

엄마의 상지수창이 보였다. 푸짐한 몸매의 그녀, 먹성은 하늘을 찌르지만 신방광은 허했다.

"비 맞은 후로."

그 말이 마음에 걸려 확인에 들어갔다.

"혹시 달고 기름진 음식 좋아하시나요?"

민규가 홍설아의 엄마에게 물었다.

"우리 엄마, 아주 환장을 하시죠."

홍설아가 대리 자수를 했다.

신허+습요통이다. 의자에 앉는 자세부터 어색하다. 기름진 음식을 좋아하는 사람에게 생길 수 있는 허리병. 비가 오고 난 후에 더 심해지는 특징까지 딱이었다.

"얘, 내가 무슨 환장까지… 그냥 좀 좋아하지."

엄마가 변론에 나섰다.

"엄마, 이분이 보통 셰프가 아니셔. 아까 통화 때 들었잖아?

소녀파워 윤화 언니, 셰프님이 해준 약선 먹고 지금 홀라후프 하고 있대."

"……."

"마침 윤화 씨하고 비슷한 요통 같네요. 기름진 음식에서 온 게 하나 더 있기는 한데 식재료가 남았으니 한번 만들어보겠습니다."

"아유, 셰프님. 나는 괜찮아요. 나보다는 우리 설아를……."

엄마가 극구 사양을 하고 나섰다.

"따님은……."

민규가 시선을 돌렸다. 사실 그녀의 상지수창은 아직 리딩하지 않고 있었다. 녹화 때는 그럴 필요가 없었던 것이다. 그런데, 상지수창을 읽기도 전에 그녀가 민규 손을 잡아끌었다.

"실은… 이거 비밀인데… 꼭 비밀로 해주셔야 해요."

홍설아, 말하기도 전에 다짐부터 놓고 나왔다.

비밀?

"걱정 마시고 말씀하세요."

전생의 자부심으로 가득한 민규. 홍설아에게 다짐을 주었다.

"실은 제가 위장이 많이 안 좋아요."

"예?"

민규가 시선을 들었다. 대한민국 흡입종결자. 식욕이 땡기는 날에는 20인분을 먹은 기록도 있었다. 연출이 있다고 해도 굉장한 기록이었다. 냉면도 어지간하면 양푼이고 삼겹살은 서너 근을 구워야 겨우 허기가 가시는 폭풍흡입자. 그런 그녀가 위가 안 좋다니.

'상지수창……'

민규의 수막 리딩 능력이 발휘되었다.

체질 유형—水형.

간담장—탁월.

심소장—우수.

비위장—위독.

폐대장—양호.

신방광—병약.

포삼초—양호.

미각 등급—D.

섭취 취향—小食.

소화 능력—D.

'맙소사!'

리딩을 마친 민규가 휘청 흔들렸다. 홍설아… 그녀는 뜻밖에도 강철 위장이 아니었다. 강철도 녹이는 소화력의 소유자도 아니었다.

비위장—위독.

오장육부의 중앙인 위장 쪽이 온통 혼탁했다. 힘줄도 단단
하지 못하다. 간간이 딸꾹질도 한다. 전격적인 위허의 상태였
다. 이런 위장으로 폭식을 해대는 게 신기할 정도였다.

"흑!"

홍설아의 감정이 격하게 무너졌다. 대체 무슨 일이란 말인
가? 먹방에서 엿보이던 미각 기질도 없었다. 미각 등급 D라면
맛 감별에는 별 재능이 없을 레벨. 더불어 섭취량은 소식이
었고 소화 능력 또한 꽝이었다. 하지만 현실의 그녀는 어땠던
가? 타의 추종을 불허하는 폭풍흡입자가 아니었던가? 그렇기
에 그녀, 언리미티드 퀸 연예인 결선에서 우승하고는 미국의
먹기 대회에 나가보겠다는 기염까지 토했던 걸 기억하는 민규
였다.

"그건 그냥 팬들을 위한 페이크였어요."

홍설아의 고백이 속살을 내놓기 시작했다.

홍설아.

사실 그녀는 대식가가 아니었다. 먹방 진출 역시 그녀가 원
한 일은 아니었다. 이유는 단 하나, 죽일 놈의 인기였다. 개그
우먼 공채로 방송가에 들어선 홍설아. 초반에는 반짝했지만
개그 프로 인기가 지하실로 곤두박질치면서 위기에 처했다.
그때 소속사에서 제의를 해왔다.

"먹방 프로 어때?"

먹방 프로그램. 당연히 사양했다. 보기에는 풍성한 홍설아. 그렇다고 대식가는 절대 아니기 때문이었다.

"그래도 나가 봐. 앞으로 개그 프로그램은 힘들어."

소속사가 다시 제의를 해왔다. 울며 겨자 먹기로 나갔던 먹방 프로그램의 게스트. 그게 계기가 되었다. 카메라가 다가오니 의식이 되었고 나름 예쁘게 먹는다는 게 먹방여신이라는 자막과 함께 나가며 길을 트고 말았다.

개그는 저물고 먹방은 뜨고.

별 재주 없었다. 결국 같은 소속사 개그맨 둘과 팀을 이뤄 맛 탐방에 나섰고 복스러운 시식 덕분에 인기는 상한가를 치게 되었다.

출연 제의가 쏟아졌다. 결국 대한민국 먹방요리 대표 채널 두 곳의 메인으로 우뚝 섰다. 마침내는 대한민국 최고 권위 요리 전문가들만 출연하는 김선달의 밥도둑에도 게스트로 나갈 정도였다. 출연료가 폭등하고 CF까지 찍었다. 인기 스타의 반열에 올라 버린 것이다.

인기 때문에, 출연료 때문에 버텼다. 다행히 인지도가 오르니 촬영을 리드할 수 있었다. 폭식을 하고는 바로 화장실로 갔다. 입을 티슈로 틀어막고 먹은 걸 토했다. 처음에는 손가락을 목구멍에 넣었다. 그게 면역이 되자 닭털로 목젖을 근질였다. 다음에는 쓴 참외나 오이 꼭지즙을 짜서 삼켰고 돼지쓸개

같은 것도 구해서 사용했다. 그런 다음 다시 촬영에 돌입했다. 나날이 사투였다.

어쩌다 방송을 쉬는 날은 죽만 먹고 살았다. 한번 상한 위는 쉽게 제자리로 돌아오지 않았다. 그럼에도 방송은 멈출 수 없었다. 위장에 대한 것도 절대 비밀에 붙였다.

인기는 한철.

두고두고 들은 말이었다. 그러니 잘나가는 이때에 바짝 땡겨놓아야 했다. 그렇기에 소속사에도 비밀을 지켜온 홍설아였다.

하지만 위장은 강철이 아니었다. 오장육부는 서로 연계하며 버티지만 어느 하나가 완전하게 다운되어 버리면 함께 나빠지게 마련. 그 한계에 도달한 홍설아였다.

설명하는 홍설아의 두 눈은 홍건히 젖어 있었다. 화려한 방송가의 이면을 보는 것 같았다. 먹방여신 홍설아. 그녀의 실체가 이거였다니⋯⋯.

"주치의가 저희 외삼촌이세요. 셰프님 방송분 녹화하던 날 오전에 들었는데 더는 안 된다고⋯ 한 6개월 쉬지 않으면 돌이킬 수 없을 거라고 하세요."

"⋯⋯."

"하지만 그러면 저는 끝장이에요. 지금 제가 계약된 곳이 한두 군데가 아니거든요. 최소한 올해는 버텨야 하는데⋯ 아니면 위약금에⋯ 팬들의 원성에⋯ 흑."

결국 눈물이 떨어졌다.

"제가 한의원도 여러 군데 가봤어요. 두 군데서는 한약도 받아와 봤는데 별 효과가 없어요. 하지만 이런 말을 하시더라고요. 옛날 같으면 제 병을 해결하는 기막힌 약수들이 많았는데 이제는 도시화, 현대화로 그런 약수가 다 사라져서 유감이라고……."

"……."

"어때요? 셰프님은 물도 요리하신다면서요? 그런 약수도 만드실 수 있나요? 더도 말고 5개월만 더 방송 생활 하게 도와주세요. 돈은 원하는 대로 드릴게요."

"홍설아 씨……."

"소속사하고… 프로그램들 계약이 끝나는 시기예요. 그때가 되면 이렇게 무리하지 않아도 되거든요."

"그 계약이라는 게 몸이 아픈 불가항력이라면 파기해도 되는 거 아닌가요?"

"그건 맞지만 위약금요. 그게 10억이 넘어요."

"……."

"셰프님, 안 될까요? 셰프님의 밥을 먹는 순간 그런 생각이 들었어요. 그날 기억하세요? 저 굉장히 많이 먹었지만 화장실에 가지 않았어요. 셰프님의 밥과 요리는 아무리 먹어도 제위가 편안했어요. 게다가 우리 항아의 편식도 고쳐주셨다죠? 그런 분이라면 혹시나… 싶었는데 윤화 언니 말을 듣고는 머

리에 불이 번쩍 들어오는 거예요. 어쩌면 셰프님이 제 고민을
해결해 주실지도 모르겠다⋯⋯."

"⋯⋯."

"셰프님."

"혹시 입술과 눈이 떨린 적은 없나요?"

"그런 건 없어요."

"그럼 등이 아프면서 허리를 쓰기 힘들었던 날은?"

"그건 엄마 쪽이고요."

"그렇다면 가능합니다."

민규, 진중하게 콜을 날렸다. 민규의 질문은 중증 위장병의
전조들이었다. 위가 나빠지는 걸 대수롭지 않게 여기고 위와
같은 증상이 나타나면 목숨을 부지할 수 없었다.

"예?"

"가능하다고요."

"정말요? 정말 가능해요?"

"비위의 기능을 최대화시켜서 몇 달은 버티게 해드릴 수 있
지요. 하지만 돈은⋯⋯."

"가능하기만 하면 돈은 얼마든 상관없어요."

"그 위약금 전부를 달라고 해도요?"

"네?"

"⋯⋯."

"괜찮아요. 그래도 저는 인기와 신의가 남으니까요."

홍설아, 잠시 생각하더니 바로 답을 내놓았다.

10억.

10억이었다. 홍설아의 태도로 보아서는 정말 줄 것도 같았다. 하지만, 민규의 선택은 다른 쪽이었다.

"100으로 하죠."

"100억요? 그건……."

"100만 원요. 어머니 약선까지 다 합쳐서요."

"네?"

"저도 사실 홍설아 씨 팬이거든요. 게다가 먹방 스타시니 요리사들에게는 고마운 존재죠. 요리를 홍보하고 계시잖아요. 제 신념인데 아무리 좋은 약선이라고 해도 억 단위는 과합니다. 요리사가 돈독 오르면 요리 맛 떨어져요."

"셰프님……."

"대신 100억 원어치 제 약선을 신뢰해 주세요. 그럼 홍설아 씨 위장 장애는 꼭 나을 겁니다."

"셰프님."

"잠깐만요."

민규가 생수 두 잔을 받아왔다. 그걸로 홍설아의 상지수창과 대조를 했다. 첫 잔은 비위장의 약수인 요수가 들어 있었고 두 번째 잔에는 화타의 물, 마비탕까지 더한 샘플이었다. 두 컵은 홍설아의 위장 수막과 비슷했지만 조금은 달랐다. 2번 컵에 음허를 채우는 정화수 한 방울을 보탰다. 그러자 컵과 홍설아의 상지수창 색깔이 일치되었다.

"위장을 달래는 약수입니다. 요리가 나오기 전에 이걸 마시고 계십시오."

물잔을 안겨준 민규가 돌아섰다. 10억의 베팅. 그렇다면 이번 테이블은 10억짜리 요리였다. 그건 마음만으로도 충분했다. 요리가 일확천금은 아니기 때문이었다.

약한 위장에 폭식을 가해 악화된 위장의 기.

위장을 달래는 약재를 생각했다. 곡류로는 보리와 청미가 좋았고, 육류는 양고기, 어류는 조기와 붕어, 약재는 칡, 인삼, 삽주뿌리, 말린 생강… 그리고 대추와 곶감, 토란과 부추 등이 꼽혔다.

'청미쌀밥에 양고기 너비아니, 토란우병, 조기 어만두……'

요리의 줄을 세우다 시선이 장독대에서 멈췄다.

'250년 씨간장.'

된장과 간장의 장은 저장한다는 뜻의 장(醬)이다. 예로부터 장을 튼튼하게 하는 효과가 있다고 전한다. 콩으로 담근 장이 가장 좋고 그다음이 밀로 담근 장을 꼽는다. 소화는 물론 해열과 해독까지 하는 데 오래 묵을수록 파워가 강력해진다.

씨간장과 씨된장을 보며 홍설아의 상지수창과 맞춰보았다.

'으헉!'

민규가 격하게 흔들렸다. 그녀의 상지수창과 대박 들어맞았다. 그렇다면 번잡하게 갈 필요 없었다.

—궁중청미밥.

—약선표고버섯된장찌개.

—약선굴비씨간장구이.

—약선소스샐러드.

후식은…….

—약선백출차.

—곶감으로 오려낸 모란꽃.

그래도 약선요리집, 약을 파는 한의원이 아니었다. 그러니 요리라는 형식은 버릴 수 없어 단출한 밥상을 머리에 그렸다. 굴비구이를 곁들인 따뜻한 밥상. 방송에서는 늘 무한 폭식을 해댔으니 오늘만은 편안한 구성을 차려내기로 했다.

'오행으로 봐도 심장은 위장을 돕고, 간장은 위장을 도우니…….'

위의 기능 강화를 위해 간과 심장의 약재까지 염두에 둔 약선이었다.

물에 불린 푸른 쌀을 안쳤다. 밥물에 첨가한 건 요수 한 방울뿐이었다.

'오늘의 주인공'

통통한 굴비에게 힘을 실어주었다. 그러고 보면 굴비는 참 요긴한 식재료였다. 그 어떤 애로를 가진 사람에게도 사용 가능한 식재료…….

사삭사삭!

비늘을 촘촘히 긁어냈다. 비늘은 위에 해롭다. 칼도 좋지만 음료수 뚜껑도 긁개로 괜찮다. 굴비 입을 살짝 눌러 벌리고는 나무젓가락을 넣었다. 내장 안에서 살며시 말아주면 내장이 걸려 나온다. 굴비의 원형을 살리기 위한 수고였다.

최상급 굴비. 민규의 손질을 받으며 위엄이 살아났다.

바다 식재료의 풍미를 살리는 벽해수 한 방울은 이제 습관이 된 식순.

톡!

그 물에 굴비를 담갔다가 물기를 닦아냈다. 도톰한 살에 칼집을 넣고 씨간장 가루를 뿌렸다. 애벌로 구운 후에 양념장을 부어 한 번 더 구우면 되지만 이 과정은 생략했다. 씨간장만으로 맛을 낼 생각이었다.

표고버섯은 심장을 보한다. 그 표고를 품고 있는 건 부드러운 미감수(쌀뜨물) 된장물. 끓는 소리가 귀를 즐겁게 만들었다.

'다음 주인공……'

샐러드였다.

그 핵심은 소스였다. 찰진 곶감을 갈았다. 싱싱한 솔잎에 참나물, 양배추도 갈아냈다. 그것들을 요구르트에 섞어내니 기막힌 약선소스가 되었다. 곶감은 비위를 돕는다. 양배추 역시 위 점막을 강화하고 손상된 곳을 재생시키는 파워를 가지고 있다. 솔잎과 참나물은 지원군의 역할이었지만 그 자체로 황홀한 요리에 다름 아니었다.

곶감소스 완성.

솔잎소스 완성.

참나물, 양배추소스 완성.

색색의 소스를 뿌리고 가볍게 섞었다. 샐러드의 재료는 물과 상극이다. 짓무르는 것도 상극이다. 재료 하나하나를 떠받들며 부드럽게 섞어야 하는 것이다. 마무리는 대추편으로 갈무리를 했다. 대추 또한 비위에 좋은 식재료였다.

샐러드 완성!

딸깍!

불 위의 백출차를 올리고 곶감을 오려냈다. 민규 손이 움직일 때마다 기막힌 모란꽃이 한 잎, 한 잎 피어났다. 그사이에 백출차, 비위의 기능을 강화하고 권태, 무력감까지도 해결해줄 차가 민규의 정화수를 만나 성분이 우러나고 있었다.

손을 닦고 굴비구이에 나섰다.

'흐음······.'

숯불 석쇠에 굴비를 올리니 맛난 냄새가 진동을 했다. 씨간장 타는 냄새까지 더하니 환상이었다. 까만 씨간장 흔적 사이로 벌어진 굴비의 흰 살. 더하지도 덜하지도 않은 굴비의 기름. 두 조합이 옥침을 불렀다. 민규조차 침에 젖을 정도였다.

소박하지만 최고의 약선.

'완벽해.'

굴비의 매력을 재발견하는 민규였다.

접시 바닥에 솔잎을 촘촘히 깔았다. 그 위에 노릇하게 구워진 굴비를 올리고 붉은 실고추를 올려 마무리를 했다.

어머니 몫의 요리는 흑임자죽에 약선돼지콩팥동아찜을 추가하고 차는 약선유자차를 내기로 했다. 동아찜에는 습을 흩어내는 깻잎과 배초향을 적량 넣어 돼지콩팥과 더불어 요통을 다스릴 생각이었다. 향이 강한 식재료는 찜찜한 습을 흩어내는 힘이 있기 때문이었다. 항아는 배연근고에 연근만두, 잣경단을 만들어주었다. 뽀얀 잣가루로 단장한 잣경단은 이번에도 옥침제조기였다. 후식 차는 약선천초배숙. 배와 설탕을 함께 끓여내 잣을 띄우는 것으로, 감기 기운이 엿보이는 항아를 위한 특별식이었다.

"우와!"

요리가 나오자 항아가 벌떡 일어섰다.

"요리사 선생님, 이번에는 진짜 요리 같아요!"

항아는 빽 간 표정이었다. 유치원에서 본 요리와는 차원이 다른 까닭이었다.

"야, 너 자꾸 까볼래? 셰프님이 요리 만들지 그럼……."

홍설아가 주의를 주었다.

"쳇, 유치원에서는 아니었거든? 맛은 좋았지만……."

"유치원은 거기 있는 재료로 멋 부리지 않고 만들어야 했거든. 오늘 요리는 마음에 들어?"

민규가 항아에게 물었다.

"네, 동화 속 파티에 온 거 같아요."

항아는 좋아 어쩔 줄을 몰랐다.

간단한 요리 설명을 하고 식사를 권했다. 요리란 뭐니 뭐니 해도 따끈할 때 먹는 게 갑이었다.

"아, 좋다."

밥을 한 숟가락 머금은 홍설아가 깊은 여운을 뿜어냈다. 밥에서 나온 맛김이 그녀에게 스며드는 게 보였다.

"아, 이 담백한 굴비살……."

굴비살의 맛 향은 더욱 친화적이었다. 250년 씨간장의 위력을 알 것 같았다.

"맛이 보석 같아요. 포근하고 담백하고… 거기에 짭조름하면서도 달콤한 간장 맛이란……."

홍설아의 손이 샐러드를 잡았다. 그 향의 친화력 또한 포근하기 그지없었다. 부드럽고 달콤한 곶감 베이스에 올라앉은 양배추즙과 참나물의 더블 앙상블. 마무리로 혀를 울리는 솔잎 향은 그녀의 간과 심장, 위장에 깊은 위로를 주었다.

'어머니는?'

어머니 쪽도 나쁘지 않았다. 흑임자죽이 그랬고 동아쩜이 그랬다.

가장 신난 건 항아였다. 달콤한 배연근고는 속을 파낸 배까지 잘라 먹었다. 연근만두는 한입거리고 잣경단 역시 뚝딱뚝딱 해치워 버렸다. 그러고는…….

"더 주세요."

배시시 웃으며 접시를 내미는 항아.

"얘, 여기는 니 마음대로 추가하고 그러는 곳이 아니야."

홍설아가 눈치를 주었다.

"괜찮습니다. 항아가 음식 안 가리니 보기 좋네요."

민규가 만두와 잣경단을 추가해 주었다.

"메에!"

항아는 언니 보란 듯 혀를 낼름거리고는 잣경단을 베어 물었다.

"그래. 아주 살판났구나. 오늘은 니가 내 대신 먹방 찍어라."

"쳇, 이게 다 언니를 위한 거거든."

항아가 바로 응수에 나섰다.

"뭐? 나?"

"그래. 언니는 방송에서만 디따 맛있게 먹지 집에 오면 깨작거리잖아? 그러니까 나라도 맛있게 먹어야 맛이 나지."

"야, 누군 먹기 싫어서 그런 줄 알아?"

"나도 알아. 왜 그런 줄."

"니가 뭘 알아? 쪼그만 게……."

"왜 몰라? 언니 배 아프잖아? 하지만 인기 때문에 많이 먹어야 하니까 배가 아프지. 내가 모를 줄 알아?"

"엄마?"

홍설아가 어머니를 돌아보았다. 어머니가 말한 것으로 짐작

한 눈치였다.

"나 아니야. 내가 뭘 하러?"

어머니가 손사래를 쳤다.

"엄마 아니야. 내가 언니랑 엄마랑 얘기하는 거 다 들었어. 그래서 속상했어. 왜 나한테는 말 안 하는데? 나도 언니 동생인데."

"항아야……."

"나도 언니 아프면 속상한데……."

항변하던 항아 눈에서 완두콩만 한 눈물이 툭 떨어졌다.

"항아야!"

홍설아가 항아를 품에 안았다.

"아아앙, 언니."

"미안해. 우리 항아가 언니 생각하는 줄 몰랐어."

홍설아의 눈에도 눈물이 맺혔다. 민규는 슬쩍 자리를 비켜 주었다.

"아유, 애들이 진짜……."

어머니가 일어나 항아를 안았다. 그런데…….

"……?"

어머니가 동작을 멈췄다.

"왜?"

홍설아가 물었다.

"허리……."

어머니, 항아를 내려놓았다가 다시 안아 들었다. 자세가 자연스러웠다. 시큰하게 땡겨 조심에 또 조심을 하던 자세가 아니었다.

"허리가 안 땡겨."

"엄마, 진짜 그러네?"

"와아, 이거 진짜 약선요리 먹고 나은 건가?"

"당연하지. 여기 셰프님이 그런 사람이라니까."

"그럼 너는?"

"나?"

홍설아가 테이블을 보았다. 그러고 보니 차려진 음식을 다 비워 버렸다. 이번에는 위를 체크했다. 이맘때면 메슥거리며 신호를 보내던 위장. 하지만 지금은 아무것도 먹지 않은 양 아주 편했다.

"나도 좋아진 거 같아. 속이 너무 편해."

홍설아가 소리쳤다.

"언니!"

항아가 다시 언니 품에 안겼다. 세 모녀의 약선 한 끼는 집안 분위기를 바꾸어 버렸다. 겉과 속이 다르던 미소를 일치시킨 것이다.

찰칵!

셀카샷을 찍었다. 이 또한 홍설아의 요청이었다. 화면 속의 그녀 얼굴에는 이제 그늘이 보이지 않았다.

"하루분의 약수를 더 드리겠습니다. 냉장고에 넣어두고 아침에 한 컵, 잠들기 전에 한 컵 마시세요. 이런 식으로 간간이 약수를 챙겨 드시면 몇 달은 괜찮을 겁니다."

민규가 안겨 보낸 건 소환수 요수였다. 그녀의 비위 보양에 도움이 될 일이었다.

"셰프님, 고마워요."

"고맙습니다."

홍설아 가족은 몇 번이고 같은 인사를 두고 멀어졌다.

굴비······.

오늘은 굴비가 큰일을 했다. 그래도 아직 몇 마리가 새끼줄에 남았다.

'고마워.'

남은 친구들에게 고마움을 전했다.

개업.

정신없던 하루가 까무룩 저물었다.

5. 스페셜 고객

뽀롱뽀로롱!

새소리에 잠을 깼다. 눈을 뜨니 창밖이 훤했다.

'종규?'

동생은 옆에 없었다. 부스스 잠을 털어내고 마당으로 나왔다.

"굿모닝, 셰프."

차를 닦던 종규가 인사를 해왔다. 탑차는 오늘도 민규의 식자재만큼이나 청결하게 빛나고 있었다.

"언제 일어난 거야?"

"금방."

"금방인데 새들이 저렇게 많냐?"

민규가 작은 숲을 돌아보았다.

"쟤들은 밥 먹으러 일어난 거고."

"밥?"

"일찍 일어나는 새가 먹이를 잡는다."

"씻고 나올게."

작심하고 돕고 있는 종규. 잔소리를 해도 통하지 않으니 민규가 서둘렀다. 새벽 장을 보고 맛난 아침을 해주는 게 나을 일이었다.

새벽 장을 본다는 것.

쉬운 일이 아니었다.

일주일에 한 번 쉬기로 한 월요일.

전국을 돌며 퀄리티 좋은 식재료를 찾아야 한다.

그 또한 쉬운 일이 아니었다.

많은 개업자들이 그 마음을 가지고 식당을 오픈하지만 오래가지 않는다. 하지만 민규는 피곤하지 않았다. 새벽 장은 민규에게 설렘이었다. 전국을 돌 식재료 헌팅도 자신이 있었다. 설렘 때문이었다.

오늘은 어떤 물건을 만날 수 있을까?

지기가 사라진 현대. 화학비료와 폐비닐, 폐플라스틱에 오염된 물, 오염된 생산자의 마음. 그럼에도 불구하고 더러는 양심으로 키워낸 식재료가 섞여 있었다. 그것들은 때로 대우조차 받지 못하는 경우가 많았다.

최고의 맛과 최상의 성분.

그러나 그런 것들은 대개 모양이 일정치 않았고, 일부에 흠을 가진 경우가 많았다. 언제부턴가 식재료도 '외모지상주의'로 변해 버렸다.

본연의 맛이 아니라 크기와 때깔이 시장을 장악해 버린 것이다.

성장 일로의 인간 세상과 같은 맥락. 하지만 식품이란, 허우대와 빛깔로 결정할 일이 아니었다. 독버섯이 좋은 예다. 화려하고 예쁜 버섯은 대개 독버섯이다. 못나고 투박하며 질박한 것들이 좋다. 송로버섯이 그렇고 송이버섯이 그렇다. 신은 버섯 하나로도 먹거리의 본보기를 세워주었지만 인간들은 그 법칙을 버렸다. 오늘도 시장은, 크고 화려하게 개량된 식품들이 장악하고 있었다.

시장을 돌았다. 산을 타는 약초꾼들은 산에서 대물을 찾지만 민규의 대물 사냥은 시장이었다. 한 가지 공통점은 대물 사냥은 어디서나 쉽지 않다는 것. 또 하나의 공통점은 대물은, 좀 느닷없는 데서 행운처럼 만나게 된다는 것.

"오늘은 뭐 살 거야?"

종규가 수첩을 든 채 물었다.

"돌아봐야지."

"오늘 그분 오시지?"

"응?"

여기서 그분은 루이스 번하드였다. 세계 최고 반열의 미식가. 그분의 예약이었다.

"하지만 첫 손님이 먼저야."

민규가 상황을 주지시켰다. 첫 손님은 이규태 박사님. 병원 환자들 중 몇 분을 골라 약선죽을 먹으러 오기로 했다.

"나도 알아. 하지만 그분들은 간단한 죽 단품이잖아."

"……."

"미식가들은 특별한 식재료가 필요하지 않을까?"

"어떤?"

짐짓 되묻는 민규.

"예를 들면 산삼이나… 송이버섯?"

"그 반대일 수도 있지."

"보리밥처럼 소박한 거?"

보리밥.

종규의 단어가 민규의 영감을 흔들고 갔다.

"그거 좋은 생각인데?"

"진짜?"

"그래. 허를 찌르는 거지. 온갖 요리의 향연보다 굵직한 한 방. 동시에 음식에서, 사람에서 전해지는 따뜻한 온기와 은근한 감동."

"진짜 보리밥 하려고?"

"왜? 내 동생이 추천한 메뉴인데? 보리밥이 좀 그러면 쌀밥할까? 백의의 민족답게?"

"형?"

종규 얼굴이 하얗게 질려 버렸다. 세계적인 미식가에게 보리밥이라니? 조크로 날린 말에 되레 충격을 받는 종규였다.

오늘도 숨은그림찾기는 나쁘지 않았다. 야생천마를 구했고 토란과 단호박도 좋았다. 자연산 숭어에 이어 해삼도 구했다. 그다음에 발견한 돌배는 감동이었다. 육질은 다소 단단했지만 자연스레 아롱진 단맛은 숲의 정기를 제대로 품고 있었다.

게다가 그 돌배는 싸구려 떨이 배 속에 '처박혀' 있었다. 허우대만 멀쩡하고 싱거운 모양의 배에 비하면 값도 거의 공짜였다.

심기일전한 민규, 다시 대물 사냥에 나섰다. 마지막 방문지는 반건조 어물전. 잘 말려진 서대가 눈길을 끌었다. 일단 득템을 했다. 살짝 구워내면 그 또한 밥도둑이다. 민어도 장바구니에 담았다. 크기는 작지만 말린 과정이 좋은 물건이었다.

오늘의 대물은 마지막 가게에 있었다.

'보리굴비⋯⋯.'

보리굴비. 굴비다. 굴비를 바닷바람으로 자연건조를 한 후에 통보리 항아리에 넣어 숙성시킨 굴비를 보리굴비라고 한다. 해풍에 꼬들하게 말린 굴비를 통보리 항아리에 넣으면 보리의 쌀겨 성분이 시간과 함께 굴비를 숙성시킨다. 굴비에 보

리향이 배어들면서 비린내는 아웃. 이때 굴비 속에 있던 기름
이 표면으로 배어나오면서 누런 빛깔을 띠게 된다. 자연이 빚
어내는 보리굴비의 위엄. 황금빛 굴비가 되는 것이다.

보리굴비는 보통 두 가지 방법으로 먹는다. 쌀뜨물에 담갔
다가 밥 위에 올려 살짝 쪄서 먹거나 자글자글 구워 먹는 게
그것이다. 둘 중 어느 것이든⋯⋯.

꿀꺽!

괜히 옥침이 도는 민규였다.

"물건 좋습니다. 어제 들어왔는데 최상품이에요."

주인이 말했다.

민규 시선이 옆으로 돌아갔다. 최상품의 굴비는 흠잡을 데
가⋯ 한 군데 있었다. 하필이면 비닐 끈으로 묶어 건조한 것
이다. 작업의 편리를 위해 많이 쓰는 방법. 민규가 찾는 건 새
끼줄이나 식물 재료의 끈에 매달린 굴비였다. 별것 아니지만
중요하다. 굴비의 맛에 영향을 미치기 때문이었다. 사소한 것
까지 신경 쓰지 않으면 좋은 맛을 낼 수 없었다.

"거 참, 요즘 누가 새끼줄에 묶어낸다고⋯ 그런 걸로 작업하
면 일이 복잡하고 능률이 안 올라서 인건비도 안 나와요."

주인은 툴툴거리면서도 새끼줄 굴비를 찾아왔다.

'그렇지. 바로 이 향이야.'

보리 푸근한 향이 구수하게 끼쳐왔다. 좋은 보리에 묻어둔
굴비가 틀림없었다.

쌀 보리, 쌀쌀 보리보리.

괜한 단어들이 떠올랐다. 굴비를 왜 보리에 넣고 숙성을 시켰는가? 그렇게 만든 일품 맛을 왜 마지막 포장에서 조져 버리는가? 민규 생각이었다.

"얼마죠?"

"특상품이라 15만 원 받아야 하는데 영업집이니 12만 원만 내쇼."

10미에 12만 원. 굴비 향이 좋아 흔쾌히 콜을 받았다.

'심봤다.'

오늘 샤우팅의 주인공은 조기굴비와 돌배였다.

*　　　*　　　*

"어, 이모."

가게에 도착한 민규 눈이 커졌다. 마당에 선 사람, 차 약선방의 황삼분 할머니였다.

"장 보고 오는 길이야?"

할머니가 물었다.

"네, 언제 오셨어요?"

"사장이 여기 주인이 민규라고 하잖아? 그래서 조금 일찍 나왔지."

"아유, 그럼 들어가 계시지… 들어오세요."

"아니야. 남의 가게에 손님도 아닌 여자가 개시로 들어가면 쓰나?"

할머니가 손사래를 쳤다. 할머니에게는 아직도 이런 생각이 남아 있었다.

첫 손님이 여자면 재수 없어.

첫 손님이 싼 거 먹으면 그날 매상 안 올라.

첫 손님이 말 많으면 하루 종일 안 좋아.

하지만 그런 시대를 관통해 오신 분. 민규가 머릿속을 지워 줄 수 있는 것도 아니었다.

"그럼 연못가에 앉아 계세요. 제가 차 한 잔 맛나게 끓여 올 게요."

"차 말고 그 물 있어? 있으면 그걸로 한 잔 줘."

"아, 약수요. 당연히 있죠."

생수 통에서 물을 따라 정화수로 변환. 의자를 권하며 정화수를 건네주었다.

"아유, 물맛 좋다. 대체 어디에 이런 보물이 있대?"

"원하시면 날마다 들르세요. 제가 얼마든지 드릴게요."

"참말로? 이 물 마시면 등짝까지 다 시원해진다니까."

할머니는 트림 신공까지 펼치며 개운한 표정을 지었다.

"응? 이제 보니 장도 많이 준비했네?"

할머니의 시선이 장독대로 향했다.

"아, 한번 보실래요? 제가 맛이 좀 망가진 걸 얻어다가 수리를 했거든요. 할머니 솜씨만은 못해도 쓸 만할 거예요."

"그래?"

할머니가 엉덩이를 들었다.

"아유, 이거 보통 맛이 아닌데? 이 장도 아까 그 물로 담근 거야?"

손가락을 찍어내 맛을 본 할머니가 감탄을 자아냈다.

"진짜요?"

"그럼. 이거 나 젊을 때 우리 시할머니 손맛이야. 그 양반 손맛은 기막힌데 며느리 대하는 마음은 얼음장이었지."

"……"

"아무튼 대단해. 마음씨도 좋고 요리도 많이 늘고… 게다가 장 보는 눈썰미도 이러니……."

"아, 저 씨간장도 있어요. 한번 맛보세요."

민규가 작은 항아리를 열었다.

"아유, 이건 100년도 넘었겠는데?"

"역시 아시네요. 같이 얻어온 겁니다."

"관리 상태가 안 좋았나? 많이 말랐네?"

"예. 만드신 분이 돌아가시는 통에 다른 분이 관리를 맡았는데 그분은 장에 대한 식견이 없는 사람이라서요."

"하긴 장도 사람을 잘 만나야지. 허튼 것들은 좋은 장을 줘도 써먹지를 못해요."

"……"

"장 필요하면 말해. 내가 와서 담궈줄게."

"그럼 차 사장님이 눈치 줄 텐데요?"

"주라지. 그 인간은 그 좋은 장들 다 전시용으로 쓰고 중국산 싸구려 장 사다 섞어 쓰는 인간이라 언제 다시 담글지 몰라."

"장을 섞는다고요?"

"우리 장은 비싸잖아? 그러니 귀한 손님들 오면 맛보기에 전시용이고 진짜 요리에는 싸구려를 넣는 거지. 사람이 그러면 벌받아."

"……"

"우리 민규는 그러면 못써. 간판은 약선방이라고 걸어놓고 재료 아끼면 돼? 그래가지고는 음식 장사로 성공 못 해."

"명심하겠습니다."

"아이고, 그만 가봐야겠다. 오늘은 나물 무칠 일이 많아서……"

"오토바이로 태워다 드릴까요?"

"아니야. 요즘 뒤가 더부룩해서 걷는 게 좋아요. 의사도 많이 움직이라고 하더라고."

"변비 생기셨어요?"

"늙으면 다 그렇지 뭐. 나도 이제 북망산이 내일모레야."

"잠깐만요. 그럼 제가 변비에 좋은 물을 좀 드릴 테니 틈틈이 마시세요. 그럼 시원하게 밀어낼 수 있을 겁니다."

민규가 안겨준 건 순류수였다. 대소변에 직방이니 화장실에서 용을 쓰지 않아도 될 일이었다.

"커피 타 드셔도 좋으니까 아끼지 말고 쓰세요."

"고마워."

할머니가 아이처럼 좋아하니 괜히 짠한 기분이 들었다. 마당으로 나와 배웅을 했다. 황삼분 할머니는 왠지, 친할머니처럼 정감이 가는 분이었다.

그 뒤로 바로 밴이 한 대 들어왔다. 이규태 박사 일행이었다.

"이 셰프님!"

그가 손을 흔들었다. 모셔온 환자들은 모두 여섯으로 중장년 이상의 남녀였다.

—약선옥죽석곡죽.

—궁중굴비조림.

—싱싱한 해초를 더한 궁중익비병.

—산아맥아차.

식단의 구성은 간단했다.

옥죽석곡죽의 중심은 석곡과 둥글레가 쓰인다. 보통 석곡 20g에 둥글레 15g을 가감한다. 대추를 돌려 깎아 함께 넣은 후 30분 정도 우려주면 약물이 나온다. 요수와 열탕을 한 방울씩 떨구어 양기와 경락 운용을 도왔다.

멥쌀을 넣고 죽을 쑬 때는 연근가루를 더했다. 연근은 비위와 기를 돋우는 식품이니 시너지 효과를 위한 처방이었다.

굴비조림은 죽만으로는 조금 밍밍할 것 같아 붙여놓았다. 식욕이 없고 소화에 애를 먹는 환자들이므로 양배추와 표고버섯을 바닥에 깔고 쪘다. 양배추즙 역시 위기를 불어넣는 데 일조를 할 재료였다.

익비병은 닭똥집 작은 호떡으로 봐도 무방했다. 똥집가루와 대추고를 찹쌀가루에 섞어 한입, 혹은 두 입 크기로 빚어 구워내는 까닭이었다.

똥집은 조이는 특성을 가지고 있다. 소변 관리에 좋은 식재료였다. 여기에 해초를 넣으니 미네랄은 물론, 대변 관리까지 될 판이었다.

마무리로 준비한 건 맥아차. 이 또한 병으로 기가 허해진 사람이나 소화 기능이 떨어져 식욕이 없는 사람을 위한 특선이었다. 재료로 쓰이는 산사와 맥아가 한방에서는 소화제로 쓰이니 맛과 더불어 위의 부담을 더는 선택이었다.

굴비가 나왔다. 조금 작은 놈을 꺼내 시식을 했다.

'흐음……'

굴비의 전단계인 조기. 조기는 기(氣)를 돕는다는 뜻이다. 이름답게 입에 무는 순간 기가 살아나는 느낌이 들었다. 좋은 식재료가 좋은 요리로 완성되는 순간. 요리사의 기쁨은 여기에 있었다.

'완벽해.'

민규가 주먹을 쥐었다. 벽해수 한 방울이 굴비의 깊은 맛을 끌어낸 것이다.

푸근하게 익어 나온 노란 몸통에 붉은 실고추 고명을 올리고 표고버섯편과 잣을 몇 알 더했다. 익비병에도 꿀을 살짝 바르고 잣가루를 뿌린 후에 고명을 올렸다. 파르스름 바다 냄새를 풍기는 익비병은 보기에도 예술이었다.

"약선옥죽석곡죽 나왔습니다."

민규가 테이블 세팅을 시작했다. 재희가 열심히 보조를 했다.

"우와, 냄새부터 다르네요."

환자들이 코를 큼큼거렸다. 민규가 보니 요리의 풍미가 손님들 얼굴 쪽에 가득했다. 손님들의 몸이 반응한다는 증거였다.

"드셔보세요. 제 말이 맞는지 안 맞는지……."

식사를 권하는 이규태의 목소리는 확신에 차 있었다.

사삭사삭!

수저가 움직이기 시작했다. 누구는 익비병부터 먹었고, 또 누구는 굴비살부터 떼었다. 뭐든 상관없었다. 오랫동안 닫혔던 환자들의 입맛. 이미 요수 담긴 생수로 길이 열렸고 식욕을 당기는 풍미에 옥침이 돌았다.

"아유, 죽이 이 정도는 되어야지. 그놈의 병원 죽은 무늬만 죽이지."

"그러게요. 돈을 더 받아도 먹을 만한 걸 줘야지."

"말도 말아요. 우리 딸은 2만 원짜리 특선 죽 사오는데 그 것도 재료만 좋다 하지 맛은 별로예요."

"아휴, 살 거 같네. 내 날마다 이렇게 먹으면 병이 금세 낫겠는데 말이야."

환자 손님들은 이구동성이었다.

"하핫, 죄송합니다. 병원 밥은 보험이라는 게 있어서 한의사 마음대로 할 수도 없고……."

이규태가 웃었다.

"무슨 말씀이세요? 이런 데 데려와 준 것만 해도 고맙지. 요즘 어떤 의사가 이렇게 환자를 배려한대요? 그저 돈 벌 궁리나 하지."

노년의 환자가 손을 저었다.

환자들은 접시를 깨끗이 비워냈다. 마무리로 나온 산사맥아차도 개운하게 마셨다. 먹은 모습들에서 생기가 돌았다. 약선요리사의 보람이었다.

"우리, 종종 와도 되겠어요?"

대표로 계산하던 이규태가 물었다.

"저야 고맙죠."

"흐음, 이거 아예 한의사 접고 이 길로 나서?"

이규태의 조크에 한바탕 웃음이 터졌다. 인사에 또 인사를 받으며 첫 손님을 보냈다. 황삼분 할머니 말은 이래서 틀렸다.

가게에 온 첫 손님은 황삼분 할머니. 여자였지만 재수 털리기는커녕 개시는 끝내줬다.

민규는 멀어지는 차량을 보고 있었다. 사실은 그 길에 등장할 새로운 차를 기다리는 중이었다.

'루이스 번하드……'

그가 왔다. 아주 조용하게 왔다.

"이 셰프."

택시에서 내린 그가 손을 들어 보였다. 통역도 없이 흑인 남자만을 동행하고 있었다.

"저 테이블 비었소?"

루이스 번하드가 연못 앞 테이블을 가리켰다.

"비었지만 안으로 와 저쪽에 앉으셨으면 합니다."

민규가 마루 평상을 가리켰다.

"그럽시다."

루이스 번하드는 의문 따위를 갖지 않았다. 셰프의 안내에 응하는 것이다.

"여긴 샤킬 피펜이라고 셰프를 기대하는 또 한 사람입니다."

루이스 번하드가 동행을 소개했다. 영어는 어렵지 않은 단어를 많이 쓰고 있었다.

"분위기가 좋군요?"

"아직 미완성입니다. 손볼 곳이 많습니다."

그의 질문에 민규가 답했다.

"가게 이름의 뜻은 무엇입니까?"

"초빛… 옛날 한국어인데 그림에 있어 처음 그린 밑그림이라는 뜻입니다."

"밑그림?"

"오시는 분들의 바탕이 되어주자는 의미죠. 동시에 좋은 그림은 바탕이 좋아야 한다는 뜻이기도 하고요."

"기본을 중시하자는 건가요?"

"그렇기도 합니다."

"오늘은 어떤 맛의 신세계를 열어주실 건가요?"

"지금 앉은 바닥을 마루라고 합니다. 마루는 한국의 옛날 거실 양식이기도 하지요."

조금 어려운 단어는 검색을 통해 해결했다. 번역 글자를 본 루이스 번하드가 고개를 끄덕거렸다.

"그렇군요?"

루이스 번하드의 시선이 바닥으로 향했다. 그는 손으로 만지고 두드리는 등 재료와 촉감에 대해서도 호기심을 보였다.

"최근의 한국 식사에서는 많이 사라졌지만 그 마루가 유행하던 때의 소박한 맛으로 구성해 볼까 합니다."

"기대가 큽니다. 기본으로도 최상의 맛을 내시는 이 셰프시니까요."

루이스 번하드가 부드럽게 웃었다.

시작은 진피차로 출발했다. 진피는 묵은 귤껍질이다. 귤피는 오래될수록 약효 기능이 좋아진다. 진피는 이기(理氣) 효능이 좋다. 신진대사를 돕고 몸 안의 노폐물을 제거하는 효능까지 있으니 요수 한 방울 더하는 것으로 조제를 마쳤다.

생동하는 신진대사.

그 테마에 맞춰 메뉴를 구성했다.

—흰쌀밥.

—세모가사리미더덕된장국.

—구운보리굴비.

—머위들깻가루볶음.

—과일물김치.

보리가 나는 계절, 봄이다. 그 봄은 보리굴비 속에 가득 차 있다. 그 즈음 산자락에는 머위대 키가 껑충 커 오른다. 어린 싹으로 먹으면 쌉쌀한 맛이 그만이지만 머위대로 먹으면 담담한 맛이 일품이다. 봄은 산과 들에만 오는가? 바다에도 온다. 세모가사리 또한 바다에서는 봄의 전령이다. 마침 이모부가 보내준 해초 중에 들어 있었다. 화려하지 않지만 뜯어보면 생동의 기상이 가득한 봄 맛. 그 맛은 민규 손끝에서 두 번 피어났다.

한 번은 봄의 물 춘우수.

또 한 번은 요리하는 손.

쌀은 재래종으로 택했다. 밥을 짓는 일은 이제 일도 아닌 민규. 밥물도 한 번에 잡아버렸다. 두 사람의 체질은 고려하지 않았다. 그냥 우직한 정면 승부였다. 하지만 솥은 두 개였다. 하나는 굴비를 쪄내기 위한 밥이었다. 찜통에 찌는 것보다 밥 위에서 찌는 게 더 맛난다. 밥의 정기가 스며들기 때문이다. 어려울 것도 없다. 손질 마친 굴비를 접시에 담아 밥 뜸을 들일 때 올려놓으면 끝이었다.

된장국에는 세모가사리를 넣었다. 미더덕과 함께 개운함과 봄 바다 냄새를 더해줄 일이었다.

'씨간장…….'

보석을 덜어내며 생각했다. 잘 숙성된 보리굴비와 씨간장. 둘 중 하나를 맛보라면 어떤 걸 맛볼까? 살짝 고민이 되었다. 씨간장이 좋다지만 그건 양념. 보리굴비를 포기하기 힘들었다. 하지만 민규라면 씨간장 쪽이었다. 미식을 추구하는 루이스 번하드도 그렇지 않을까 싶었다.

정성껏 비늘을 벗기고 입을 통해 내장을 뽑아냈다. 칼집을 넣고 태운 씨간장가루를 살짝 뿌렸다. 과일물김치에서는 앙증맞고 정감 어린 돌나물이 돋보였다. 수박과 돌배즙을 갈아 넣고 새콤달콤하게 간을 맞췄다. 수박 물 때문인지 고춧가루를 쓰지 않아도 색감이 고왔다. 지장수 소환 물에 소금을 살짝 뿌려 삶아낸 머위대도 껍질을 벗기고 볶아냈다. 들깻가루를 듬뿍 올리니 덤덤한 맛에 포인트가 되었다.

밥이 완성될 무렵, 계란 두 알을 집어 들었다. 미식가라고 해서 특별히 좋은 걸 고르지는 않았다. 재래닭 주인이 보내준 알들은 다 믿을 만했던 것이다.

자글자글!

구수한 된장국이 끓기 시작했다. 된장은 과하게 풀지 않았다. 세모가사리의 바다 내음을 맡으며 두부 두 조각을 올렸다. 된장에는 역시 두부가 제격. 뚝배기 불을 끄며 작은 미더덕을 투하했다.

"형!"

종규의 신호가 오자 굴비구이에 들어갔다. 숯불은 은근하게 세팅되었다. 한 사람에 한 마리씩. 숯불에 간장 타는 냄새 또한 식욕 도둑에 다름 아니었다. 불 조절은 섬세했다. 자칫하면 말라비틀어진 식감을 주기 쉬운 굴비구이. 벽해수에 잠시 담갔다가 물기를 말린 덕분에 찜굴비에 못지않은 부드러움을 유지시켰다.

기름이 살짝 녹아나면서 풍기는 깊은 풍미는 통째로 입에 넣고 호로록 등뼈만 빼내고 싶은 마음이 간절할 정도였다.

마무리는 하얀 쌀밥.

주걱으로 건드리자 찰기를 뿜어냈다. 큰 고봉을 꺼내 봉긋 나오도록 담았다. 밥치고는 많은 양이었다. 거기 계란을 깨 넣었다. 노랗다 못해 주황색을 이룬 계란 반숙은 밥 위에 뜬 황혼처럼 보였다. 그리고, 그 위로 뿌려지는 씨간장 한 숟가락… 참기름 따위는 필요조차 없었다. 뜨끈한 김에 닿는 간장의 향은 또 한 번 침샘을 폭발시켰다.

'꿀꺽.'

쌀밥의 향에 굴비 냄새, 그리고 바다를 품은 된장국……

'완벽해.'

두 개의 쟁반 앞에서 민규가 미소를 지었다.

"식사 나왔습니다."

민규가 식사를 세팅했다.

―초록 돌나물이 올라간 과일김치는 木.

―빨간 세모가사리는 火.

―노란 머위대는 土.

―하얀 쌀밥은 金.

―까만 씨간장은 水.

소박하다지만 오행의 오색이 모두 깃든 요리상이었다.

"오, 정말 질박한 식탁이군요?"

루이스 번하드가 기대감으로 손을 비볐다.

"한국식으로 하면 굴비백반이 되겠습니다. 이 생선은 조기라는 것인데 보리쌀 속에 넣어 숙성을 시키면 굴비가 됩니다. 부패를 막고 보리의 풍미를 더하는 방법이지요."

민규가 요리 설명에 들어갔다.

"두 가지 방식으로 요리를 해보았습니다. 하나는 찜이고 하나는 구이인데 서로 다른 맛을 느끼실 수 있을 겁니다. 그리고 보리가 나오는 봄이면 함께 올라온 요리의 재료들도 제철입니다. 부족한 솜씨나마 봄의 한 부분을 살짝 잘라 식탁에 올리는 정성으로 식탁을 꾸몄습니다."

"오, 봄?"

"해초 세모가사리에 미더덕으로 포인트를 준 이 스프는 된장국으로 불리는데 한국에서는 일상식이나 다름없습니다. 주원료가 콩이라 건강식으로도 손색이 없습니다. 한국의 김치 역시 봄을 소재로 응용한 요리입니다. 우리 한국에서는 밥에 김치, 된장찌개만 있으면 간단한 식단이 되고, 굴비는 밥도둑으로 불리니 천천히 즐기시기 바랍니다."

"드실까요?"

루이스 번하드가 동행에게 식사를 권했다.

달각!

두 사람은 거의 동시에 젓가락을 잡았다. 첫 선택은 보리굴비였다. 둘 다 구이부터였다. 젓가락이 살을 건드리자 풍미가 살며시 올라왔다. 루이스 번하드는 칼집을 따라 살을 발라냈다. 젓가락에 물린 살에서 모락 맛김이 나왔다.

"……"

민규는 그 맛김을 보고 있었다. 맛김은 다른 때와 달리 고요했다. 루이스 번하드에게 쏠리는 것도 거부하는 쪽도 아니었다.

"으음……."

아주 짧은 감상과 함께 굴비가 입으로 들어갔다. 굴비살은 그의 입안에서 몇 번을 움직였다. 살을 넘긴 그가 물 잔을 집었다. 입가심을 하고 다시 굴비구이. 이번에는 살을 푸짐하게 잡았다. 고릿한 냄새 뒤에 따라붙는 속절없는 담백함. 그 담백함에 배어 있는 보리의 정기와 봄날의 속삭임. 차마 상상치 못하던 흰살 생선의 극치가 거기 있었다.

"으으음."

두 번째 감상음은 조금 길게 들렸다. 그는 눈을 감고 있었다. 살을 입안에 굴리며 혀의 다양한 부위로 맛을 음미하는 것이다.

꿀꺽!

그대로 살점이 넘어갔다.

"후우!"

그가 참았던 입김을 뿜어냈다. 표정은 푸근하게 풀렸다.

그의 젓가락이 방향을 틀었다. 이번에는 찜굴비였다. 그 살은 처음부터 육즙을 촉촉이 머금고 있었다. 등줄기를 따라 흰살을 발라내더니 다시 잠시 음미. 그러고는 바로 입안으로 향했다.

"으음."

그 감상 또한 허투루가 아니었다. 마치 굴비 맛의 끝을 보고야 말겠다는 의지 같았다. 그러나 그 표정은 집요하거나 의심의 그것이 아니라 새 맛을 갈구하는 구도자의 그것에 닿아 있었다. 굴비 탐험을 끝낸 그의 두 번째 탐험은 흰쌀밥이었다. 아직도 김이 모락거리는 밥 위에 올라앉은 계란 반숙. 그 옆으로 살포시 고개를 내민 밥알의 속삭임을 그는 듣는 것 같았다.

톡, 노른자를 건드려 밥을 비볐다. 노른자와 밥, 씨간장이 섞이자 얌전하던 풍미가 폭발하듯 퍼져 나갔다.

"......?"

풍미에 놀란 루이스 번하드가 밥그릇을 집어 들었다. 새하얀 쌀밥을 물들인 주홍의 계란 노른자, 그 사이로 깃들어가는 씨간장의 색감. 묘한 대조 따위는 문제가 아니었다. 한 번씩 섞어줄 때마다 올라오는 풍미는 저 유명한 치즈나 버터의 향처럼 후각을 흔들어 버렸다.

문제는 밥에 치즈와 버터는 구경도 할 수 없다는 것.

'이거......'

채 다 비비지도 못한 채 한 숟가락을 뜨고 말았다. 입 앞에 두고 쳐다보는 것만으로도 옥침 제어가 되지 않았다. 첫 밥이 그의 입으로 들어갔다. 입안에는 이미 군침의 홍수가 일고 있었다. 음미가 끝나기도 전이었다. 짭조름한 간장이 그랬고 고소한 계란이 그랬다. 거기에 알알이 맛을 올려주는 밥알의 촉감. 몇 번 씹어보려 했지만 의지가 제어되지 않았다.

꿀꺽!

밥은 거칠게 목을 넘어갔다.

"아하!"

그는 밥알의 숫자만큼이나 수없는 탄식을 밀어냈다. 맛에 미각의 의지가 밀린 것이다. 감상이 끝나기도 전에 목 넘김을 하기는 오랜만이었다. 그런데, 더 놀라운 건 벌써 또 한 숟가락을 떠 들었다는 것. 밥은 첫 숟가락보다도 많은 양이었다.

두 번.

세 번.

거푸 입으로 들어갔다. 그 족족 목 넘김이 되었다. 허겁지겁, 미식가인 그에게 용납되지 않는 행동 중 하나. 그걸 하고 있는 루이스 번하드였다.

'이것 참······.'

절반의 밥을 비우고 나서야 그는 속도를 줄였다. 방향을 바꿔 된장국 속의 세모가사리를 잡았다. 가늘고 긴 세모가사리. 이건 해초다. 붉은 색감이 아직 살아 있다. 입에 넣고 씹자 오독오독 소리와 함께 봄을 데려왔다.

'응?'

소리에 취하던 루이스 번하드가 고개를 들었다.

봄, 꽃의 계절이다. 봄, 나비의 계절이다. 그 말을 실현이라도 하듯 나비가 보였다. 두 마리의 노랑나비였다. 너울 날아와 장식으로 둔 꽃접시에 내려앉았다. 청푸른 꽃접시 위에 샛노란 나비 둘. 그 또한 요리의 일부가 아닐 수 없었다.

머위대를 입에 넣었다. 고소한 들깨 맛을 따라 줄기를 깨물었다.

아삭!

고소함 속에서 밍밍함이 배어나왔다. 조금 싱거운 듯하지만 여운은 길고 또 길었으니 마치 아지랑이를 혀에 문 듯한 맛이었다.

'봄.'

루이스 번하드는 숨을 멈추었다. 봄의 생동과 싱그러움, 그 활기 끝에 이어지는 아련함까지… 그 나른함은 민규 목소리가 깨주었다.

"간장비빔밥에 굴비 한 점을 올리고 드셔보시죠."

"머위대 한두 개를 올리고 드셔보시죠."

"물김치의 돌나물을 올리고 드셔보시죠."

그때마다 루이스 번하드의 손이 재빠르게 움직였다. 다 끝난 줄 알았던 봄의 향연이 다시 살아났다. 굴비 한 점에 비빔밥의 맛이 바뀌었고, 머위대 한 조각에 또 바뀌었다.

마무리는 앵두차를 내왔다. 얼음을 동동 띄운 찻잔에는 복숭아꽃 한 송이가 떠 있었다.

"안에 든 꽃잎은 진달래라고 한국에서 식용하는 꽃입니다. 같이 드셔도 좋습니다."

앵두차의 색은 다홍이었다. 그 다홍 위에 무릉도원처럼 우아한 복숭아꽃……

"……."

한 모금을 마신 루이스 번하드가 숨을 멈추었다.

지나치지도 부족하지도 않은 새콤함과 달콤함. 푸근한 봄 맛을 상큼하게 가셔주는 맛은 박력 넘치는 피날레와도 같았다.

과과과광!

봄의 교향곡을 마무리하는 힘찬 맛의 물결. 척추가 나른해지는 루이스 번하드였다.

"셰프."

그는 잔을 든 채 말문을 열었다.

"즐거운 시간 되셨는지요?"

"즐거움 정도가 아닙니다. 셰프께서 봄이라는 계절을 내 몸에 넣어주셨습니다."

"과찬이십니다."

"아닙니다. 지난번 요리 대회도 그랬지만 오늘 요리도… 그렇게 훌륭하다고 알려진 식재료도 아닌데 맛은 상상 초월입니다. 생동과 싱그러움의 향연… 들리시나요? 내 혀에 남은 봄의 여운과 내 배에서 아직도 연주되는 봄의 교향곡……."

"의도를 알아주시니 고맙습니다."

"가히 숨겨진 보물입니다."

"오늘 식재료 말씀이군요. 사실 한국에는 세계적으로 알려지지 않았지만 감탄할 만한 맛을 가진 궁중요리와 약선요리들이 많이 있습니다. 방금 드신 요리도 따지도 보면 약선이지요."

"저는 셰프를 말하고 있는 겁니다."

루이스 번하드가 애정 어린 시선을 들었다.

"저요?"

민규는 어리둥절 모드. 그 앞에서 루이스 번하드의 말이 진중하게 이어졌다.

"제가 한국 땅이 처음이 아닙니다. 지인들이 추천하는 맛을 찾아 여러 번 왔었죠. 저 강원도의 깊은 사찰에서 초자연식만으로 3일을 먹은 적도 있었고, 저 남해의 섬마을에서 전하는 향토요리를 먹어본 적도 있습니다."

"……."

"그 맛들도 훌륭했지만 다시 찾을 정도는 아니었습니다. 하지만 셰프는 볼 때마다 나를 감동시키는군요. 더구나 평범하다고 할 수 있는 재료들로 말입니다."

"마음을 열고 먹어주신 덕분입니다."

"이런 말씀, 결례가 될지 모르지만……."

"괜찮습니다. 뭐든지 말씀하십시오."

"미안하지만 이 밥과 생선, 채소볶음의 레시피를 공개해 줄 수 있습니까?"

루이스 번하드의 말이 끝나기 무섭게 종규의 시선이 굳어버렸다.

레시피 공개.

그건 맛의 비결을 내놓으라는 것과도 같았다. 다른 나라는 몰라도 한국에서는 금기였다.

하지만 민규는,

"그렇게 하지요. 더 원하시면 같이 만들어보셔도 무방합니다."

두말없이 루이스 번하드의 요청을 접수했다.

"형!"

주방으로 따라온 종규가 목청을 높였다.

"왜?"

"진짜 레시피 공개하려고?"

"응."

"미쳤어? 그럼 개나 소나 형하고 같은 요리를 만들어낼 텐데."

"미안하지만 진짜 셰프들은 다 레시피 공개하거든. 넌 형이 가짜 셰프가 되길 바라냐?"

"그, 그건 아니지만……."

"너 내가 레시피 주면 나하고 똑같은 맛으로 만들 수 있어?"

"아니. 하지만 요리사라면……."

"요리사도 똑같아. 후각, 미각, 청각, 시각, 감각에 체질, 건강 상태, 성격까지 똑같아야 똑같은 맛이 나올 수 있어. 이 세상에 그런 사람이 있을까?"

"……."

"형이 요즘 공부하다 보니까 유명할수록 더 레시피를 공개하더라. 따라올 테면 따라와 봐. 그거 아니겠니?"

"……."

"게다가 형 요리에는 비장의 레시피가 하나 더 있잖냐? 오직 형만 할 수 있는 레시피."

"물?"

"그래. 그건 하느님도 따라할 수 없는 맛이다. 그러니 걱정 뚝."

종규를 달래고 식재료를 챙겼다. 모든 건 요리하기 전의 재료와 같았다.

—쌀, 계란, 씨간장, 요수 밥물.

—보리굴비, 씨간장, 벽해수 물.

—삶은 머위대, 들깻가루, 들기름, 붉나무 소금.

적량까지 맞춰서 루이스 번하드에게 보여주었다. 그는 생쌀 냄새를 맡고 깨물어도 보았다. 계란 역시 외관을 본 다음에 깨서 흰자와 노른자를 맛본다. 씨간장을 찍어 먹고 밥물도 마셨다.

"……!"

물을 마시고 음미하던 그가 숨결을 멈췄다.

"역시 물이었군요."

그가 고개를 들었다.

"이 물도 기도의 물인가요?"

"그렇습니다."

"하지만 보리굴비 쪽의 물은 조금 다르군요. 밥물은 담박한데 굴비 물은 따뜻하면서 짠맛이 돕니다. 굴비에는 왜 물이 필요했습니까?"

"숙성 과정에서 깊은잠이 든 굴비를 고향의 물에 잠시 담가 기억을 깨운 겁니다. 그렇게 하면 잡미를 없애고 본래의 맛을 조금이나마 살릴 수 있습니다."

"그랬군요. 어쩐지 고릿함 뒤에 싱그러움이 깃들었다 했습니다."

"……"

"그렇다면 이 채소도 마찬가지겠군요?"

이번에는 머위대를 들어 보이는 루이스 번하드.

"맞습니다. 그걸 삶아낼 때 쓴 물입니다."

민규가 지장수 컵을 건네주었다. 그걸 맛 본 루이스 번하드가 고개를 끄덕거렸다. 모든 맛의 출발이 되는 건 물이었다.

"기도의 물… 어떻습니까?"

신중하고 긴 검증을 끝낸 루이스 번하드가 동행을 바라보았다.

딸깍!

그는 가타부타 말 대신, 가져온 가방을 열었다. 그러자 작은 아이스박스가 나왔다. 그 안에 든 건 새우살이었다. 하지만 새우살이 아니었다. 새우살처럼 보이되 새우가 아니었던 것.

'룽옌샤런(龙眼虾仁)?'

민규 시선이 식재료 앞에서 멈췄다.

"혹시 이게 뭔지 아시겠습니까?"

"……."

새우 없는 새우 요리 룽옌샤런. 중국 전통음식의 하나다. 버섯을 재료로 실제 새우살 모양으로 빚어낸 후에 계란 흰자와 전분가루를 이용해 효과를 내고 갖은 양념을 해서 볶아내면 새우 뺨치는 새우 요리가 된다. 많은 곳에서 취급하지만 상하이의 공더린이 가장 유명세를 떨친다. 세계의 진귀한 요리를 찾아보다가 본 자료라 기억하고 있었다.

민규, 된장국에 썼던 세모가사리를 샤킬 피펜에게 얌전히 건네주었다.

"……."

그의 시선이 세모가사리에서 멈췄다.

"……."

민규의 시선도 거기서 멈췄다.

"아하핫!"

웃음은 루이스 번하드 입에서 나왔다.

"피펜이 한 방 맞으셨군요. 우리 이 셰프는 식재료의 본질까지 꿰뚫고 있나 봅니다."

루이스 번하드가 고개를 저었다.

"정말 이 새우의 본질을 아는 겁니까?"

피펜이 물었다.

"해조류입니다. 그 세모가사리처럼."

"……!"

민규의 정곡에 피펜의 입술이 닫혀 버렸다. 그저 모양만 보고 본질을 알아버린 셰프. 맛을 보거나 만져보거나 냄새를 맡은 것도 아니었다. 그러니 그저 놀랄 수밖에.

"대단하군요. 척 보면 아는 겁니까?"

피펜의 영어는 민규에 대한 배려가 없었다. 민규의 대처는 그만큼 늦어졌다.

"해조류, 영어의 Algae겠군요. 거기에 대해 식물성 단백질… 한국이나 중국, 일본에서 하는 사찰요리와 크게 다르지 않습니다."

"맙소사, 완전 인간 아날라이저 아닙니까? 이거 일본 최고의 해초 전문 식품 회사가 선별한, 최상급만으로 구성한 제품입니다."

일본과 최상급.

그 말이 귓바퀴에 걸렸다. 민규가 오늘 골라온 해초에 비해 나을 것도 없는 성분. 그런데 이처럼 침을 튀기는 반응이라니.

"별말씀을……."

대충 넘어갔다. 남의 제품 성분에 태클을 걸 일은 아니었다.

"그만 뜯들이고 말씀하시죠."

다시 루이스 번하드가 대화에 들어왔다.

"죄송하지만 셰프, 제가 요리를 하나 부탁해도 되겠습니까?"

피펜이 민규를 바라보았다.

"요리라면?"

"이 재료들… 모두 세 가지입니다. 전부 다 일본의 최상급 해초를 바탕으로 만든 플랜츠 새우 제품입니다."

피펜이 재료 전부를 꺼내놓았다. 플랜츠 새우. 식물성 원료로 만든 새우라는 뜻이었다. 튀김옷을 입혀 바삭하게 요리할 수 있는 '크리스피'와 찐 것처럼 보이는 '플레인', 마지막으로 '칵테일' 새우 형태까지…….

"어느 것이든 좋습니다. 진짜 새우를 다루시듯 정성을 다해 요리해 주신다면 오늘 요리비와 별도로 3,000불을 드리겠습니다."

'3,000불?'

3,000불이면 약 330만 원. 적은 돈은 아니었다.

"실은 제가 그 제품 개발사의 CEO입니다."

피펜이 신분을 밝혔다. 그는 셰프 출신이자 미국 실리콘밸리 벤처식품 회사의 경영자였다.

"정통 셰프의 입장에서는 그런 식재료에 대해 반감을 가질 수도 있겠지만 진짜 새우가 가지 못하는 지역도 많이 있습니다. 또한 가격적으로 접근하지 못하는 사람들에게도 희망이 될 수 있지요. 하지만 오랜 관습과 선입견 때문에 시장 개척에 난항이 되고 있어 그 문제를 타파하고자 세계적인 셰프들을 찾아다니고 있던 중이었습니다. 그 와중에 번하드의 소개가 있어……."

"……."

"더 디테일하게 말씀드리자면 제 새우를 더욱 새우답게 요리해 줄 셰프가 필요합니다. 그런 사람을 찾으면 세계적인 미식가들과 메이저 유통사의 매니저들을 초대해 다국적 론칭을 벌일 계획입니다. 진짜 새우와 한판 대결을 펼치는 거죠."

"……."

"그러니까… 지금 당장은, 이 식재료로 피펜의 궁금한 마음을 달래달라는 거로군요?"

민규의 답은 옆길로 살짝 새었다.

"셰프."

"루이스 번하드 님과 함께 오셨고, 제 손님이니 약선새우처럼 요리해 보겠습니다."

민규는 칵테일 새우를 집어 들고 조용히 돌아섰다. 피펜의 제의에 대해서는 가타부타 답하지 않았다.

칵테일 새우(Cock-tail Shrimp).

여기서 말하는 칵테일은 술이 아니다. 꼬리를 제외한 껍질을 벗기고 내장을 제거한 냉동 새우의 명칭으로, 새우의 꼬리가 닭의 꼬리처럼 생겼다고 해서 칵―테일(Cock-tail)로 불린다.

새우 하나를 꺼내 반으로 갈랐다. 칼로 잘리는 감은 진짜 새우와 비슷했다. 이 모조 새우의 기반은 해초였다. 맛의 기폭은 식물성 단백질이 맞았다.

식물성 단백질도 한두 가지가 아니다. 흔하게는 콩 종류가 있지만 근과류와 채소에도 존재한다. 쉬운 예가 버섯이었다. '포타벨라'라는 버섯에는 약 5g의 단백질이 들어 있다. 이탈리아 채소로 불리는 루콜라에도 단백질이 존재한다. 제품은 몇 가지 단백질을 혼합한 것으로 보였다. 풍미를 살리고 제법을 감추기 위한 조치로 보였다.

식물성 원료로 만든 짝퉁새우살.

어떻게 요리해야 진짜 새우 맛에 근접해질까?

진짜 새우를 꺼냈다. 몇 마리는 찌고, 몇 마리는 굽고, 또 몇 마리는 삶았다. 짝퉁새우살과 함께 먹으며 맛을 비교했다. 민규 기준으로는 식감의 차이가 엄청났다. 새우의 맛은 건조했고 허브맛이 이어졌다. 해초류 때문이었다. 크리스피 쪽이라면 이보다 나을 것 같았다. 튀김옷을 입혀 튀겨 버리면 짝

통새우의 맛이 살짝 증폭된다. 뜨거울 때 먹어버리면 큰 차이를 느끼지 못할 수도 있다. 하지만 식으면? 그건 또 장담하지 못할 상상이었다.

진짜 새우 맛의 근본을 파헤쳤다. 새우는 단백질이다. 풍미가 기막히다. 그 맛의 성분은 글리신과 아르기닌, 베타인 등의 아미노산이다.

짝퉁새우에도 그런 맛은 들어 있다. 해조류의 대다수가 그런 성분을 가지고 있는 까닭이었다. 새우 분석을 했을 테니 당연한 일이었다.

하지만 짝퉁새우는 생체가 아니었다. 성분을 넣고 잘 섞어 만들었다지만 생체와 분포가 달랐다. 진짜 새우의 맛 배열까지는 넘보지 못한 것이다.

'일본산 최상급 해초?'

해초 성분에서는 선웃음이 나왔다. 그 해초는 한국산보다 나을 게 없었다.

그래도 피펜의 기업가 정신만은 높이 사줄 만했다. 진짜 새우를 넣지 않은 것이다. 진짜 새우를 갈아 넣으면 새우 맛에 더 가까워진다. 하지만 논리의 모순에 빠진다. 바다와 강의 환경을 고려하고 채식주의자들과 식단조절자들에 생선을 멀리하는 사람들까지 포용하려는 방침에 어긋나는 것이다.

두 새우를 번갈아 먹으면서 메모를 했다.

—글리신, 아르기닌, 베타인, 비타민E, 아연, 칼슘······.

생새우의 맛을 좌우하는 물질들이었다.

글리신은 샐러리에 들었다.

아르기닌은 호두에도 있다.

베타인은 근대 뿌리와 비트. 단 근대는 익혀 먹어야 좋다.

비타민 E는 호박에 있다.

아연은 파와 표고버섯에 있다.

칼슘은 채소에 흔하게 존재한다. 100g당 계산하면 깻잎에 211㎎, 냉이 145㎎, 돌나물에 212㎎이 나올 정도였다.

자리에서 일어나 관련 식재료를 추려왔다. 세모가사리, 샐러리, 호두, 근대, 호박, 표고버섯과 돌나물 등이었다. 재료를 손질했다. 민규가 원하는 성분이 많은 곳만을 추린 것. 그것들을 씹어 맛을 탐색했다. 그것으로 끝이었다.

좌라락!

식재료를 밀어버린 민규의 선택. 의외로 간단했다.

'벽해수와 지장수'였다.

두 초자연수에 짝퉁새우를 재웠다.

청주를 몇 방울 떨구었다. 와인을 선호하는 서양인들을 위한 서비스였다.

성분의 변화를 지켜보다 여기다 싶은 지점에서 재료를 꺼냈다. 짝퉁새우의 맛이 가장 활성된 순간이었다. 다음 순서는 생새우에 따랐다. 밑간을 하고 후추를 소량 뿌려주었다.

홀홀!

짝퉁새우라고 차별하는 건 민규의 체질이 아니었다. 더구나 이 요리를 학수고대하는 사람이 있으니……

—갈릭참기름새우구이.

요리는 간단했다. 신선한 마늘을 다져 팬에 넣고 기름을 투하해 볶다가 짝퉁새우 투입. 진짜 새우보다 약간 단단하고 푸석한 육질을 감안해 조리 시간을 살짝 오버시켰다. 꿀과 레몬즙은 시늉만 냈다. 피펜이 원하는 건 새우 맛이었다. 그렇기에 다른 풍미는 최대한으로 생략하는 민규였다.

'흐음.'

풍미를 맡으니 새우 맛에 최대한 가까워졌다. 불을 끄고 참기름을 뿌린 후에 뚜껑을 덮었다. 스테이크처럼 향이 고루 배이도록 하긴 위한 조치였다. 1분쯤 후에 뚜껑을 열고 육질을 체크했다. 원재료보다는 탱글해졌다. 참기름의 고소함과 함께 올라오는 새우향이 느껴졌다. 오감으로 간을 잡았으므로 맛은 따로 보지 않았다. 어차피 판단은 피펜의 몫이었다.

그래도 세팅은 300만 원 수준에 맞춰 공(?)을 들였다. 고동색 접시 바닥에 진달래를 돌려 깔고 짝퉁새우를 담아냈다. 꼬리를 중심으로 태극 물결 모양으로 그림을 맞추니 도리뱅뱅을

연상케 만들었다.

고명은 아욱 어린잎무침을 중앙에 올렸다. 아욱은 새우와 환상의 궁합. 기왕이면 새우 기분까지 내는 민규였으니 마무리는 덜꿩나무의 눈 시린 흰꽃 한 송이를 올려 포인트를 주었다.

"형."

완성된 요리를 본 종규의 눈이 휘둥그레졌다. 3,000불짜리 요리로 부족하다고 생각한 모양이었다.

"맛이 3,000불짜리거든."

"……"

"걱정 마라. 시비 걸면 3,000불 안 받으면 되지."

민규는 걱정하지 않았다.

"……!"

새우구이를 받아 든 피펜의 눈동자가 출렁 흔들렸다. 그 역시 종규처럼 그럴듯한 요리를 기대했던 걸까?

"드셔보시죠. 마음에 들지 않으면 3,000불은 받지 않겠습니다."

민규는 달러가 든 봉투를 꺼내놓았다.

"아, 그런 뜻은 아닙니다만……"

피펜이 포크를 들었다. 사실은 조금 구겨진 눈빛이었다. 거금 3,000불을 질러가면서까지 주문한 짝퉁새우 요리. 게다가 미식의 일가를 이룬 루이스 번하드의 추천. 그런데 테이블 위에 올라온 건 보통 사람도 가능한 요리…….

'기대가 너무 컸던 건가?'

마른침을 넘긴 피펜이 새우 하나를 집어 들었다. 음미할 것도 없이 그대로 입으로 들어갔다. 다음 순간,

"읍!"

피펜은 짝퉁새우를 뱉어내고 말았다.

문 쪽의 종규와 재희가 창백해지고 있었다.

6. 짝퉁새우 요리

"Why?"

앞에 있던 루이스 번하드가 물었다.

"……."

피펜은 답하지 않았다. 그저 파르르 경련할 뿐.

'이거…….'

그의 손이 다시 움직였다. 여전히 떨리는 손으로 다시 짝퉁
새우 한 조각을 잡았다.

"읍!"

이번에도 격하게 경련하는 그였다. 다만 뱉지는 않았다.

아득!

조심스레 새우를 씹었다. 입안에 엷은 육수 풍미가 번졌다. 피펜이 다시 멈췄다.

'맙소사.'

오감이 얼어붙는 것만 같았다. 역시 짝퉁새우 때문이었다. 그는 자기 제품의 A—Z까지 모르는 게 없었다. 개발을 주도하면서 수만 번도 더 먹어본 까닭이었다. 어떻게 하면 새우의 식감에 가까워질 수 있을까? 어떻게 하면 새우 맛을 구현할 수 있을까? 그 고민의 답이 여기 있었다. 민규가 만들어낸 갈릭참기름새우구이. 이건 '그냥' 새우구이였다. 싱크로율이 무려 99%였다.

아스락, 아즈락!

소리가 바빠지기 시작했다. 본격 시식이었다. 이렇게도 씹어보고 저렇게도 씹어보는 피펜. 맛은 한결 같았다. 지구상에 존재하는 새우 요리는 다 동원해 본 피펜. 그가 찾고자 하던 새우의 식감과 풍후함이 여기 숨어 있었다.

"셰프."

마침내 그가 민규를 보았다.

"마음에 드십니까?"

"이거, 대체 어떻게 한 겁니까?"

묻는 피펜의 얼굴이 달덩이처럼 환하게 보였다.

"새우로 생각하고 요리했을 뿐입니다."

민규의 대답은 심플했다.

"새우로?"

"새우 요리를 해달라고 하지 않았습니까? 그러니 당연히 새우로……."

"번하드."

피펜의 시선이 루이스 번하드를 향했다. 시식 요청이었다. 루이스 번하드가 칵테일새우를 집었다. 잠시 냄새를 음미하더니 입안에 넣었다. 그는 신중하게 몇 번인가를 씹었다.

"으음!"

루이스 번하드 입에서 낮은 감탄이 나왔다.

"다르죠?"

피펜이 물었다. 잔뜩 상기된 표정이었다.

"다르군요."

"분명히 그렇죠?"

"분명히 그렇습니다. 진짜 새우와 차이는 있지만 식감도 좋아졌고 새우 맛도 한결 좋아졌습니다."

소감을 밝히는 루이스 번하드. 그의 시선도 민규에게 꽂혀 있었다.

"혹시 진짜 새우를 삶은 물이라든가 새우 가루라든가 그런 거 섞은 건 아니죠?"

피펜이 민규에게 물었다.

"새우는커녕 동물성에 관련된 건 하나도 넣지 않았습니다. 그저 마늘과 참기름, 물과 양념이 전부일 뿐입니다."

"그럼 혹시 이 채소가?"

피펜이 아욱을 가리켰다.

"새우와 환상의 궁합을 자랑하는 아욱입니다. 음양의 조화를 위해서 올리긴 했지만 새우 맛을 좌우하는 건 아닙니다."

"그런데 어떻게 이런 맛이? 셰프의 레시피를 좀 알 수 있나요?"

"어려울 거 없습니다."

기꺼이 레시피를 보여주었다. 피펜이 레시피를 확인했다. 특별한 건 없었다.

"아, 물이 빠졌군요."

민규가 초자연수를 추가했다. 벽해수와 지장수를 소환한 물. 거기다 칵테일새우를 잠시 재웠다가 꺼내놓았으니 그 또한 레시피였다.

"물맛이 독특하군요?"

그 물까지 맛본 피펜이 중얼거렸다.

"그렇습니다. 그때그때의 식재료와 분위기에 맞는 물을 만들어서 넣거든요."

"물을 만들어 넣는다고요? 루이스 번하드가 말한 그 기도의 물입니까?"

"맞습니다."

"특별한 게 들어간 물입니까?"

"오직 맛있는 요리를 만들려는 일념이 들어갔을 뿐입니다."

민규가 수돗물을 받아냈다. 거기 약간의 퍼포먼스를 더해 피펜에게 건네주었다. 확인해 봐. 민규의 눈이 권유를 했다.

"……!"

맛을 본 피펜이 움찔거렸다. 수돗물과는 다른 맛으로 변한 물이었다. 약간 짠맛이 느껴지지만 담백하고 달달했다.

피펜이 보는 앞에서 레시피를 구현했다. 갈릭참기름새우구이였다. 시작만 민규가 하고 이후 과정은 피펜에게 맡겼다.

"맛을 보시죠."

마무리 후에 시식을 권했다. 피펜의 입으로 짝퉁새우 하나가 들어갔다. 맛은 아까와 다르지 않았다. 민규가 낸 맛은 우연이 아니었다.

"셰프."

피펜이 벼락처럼 민규 손을 잡았다.

"저 좀 도와주십시오. 지구를 다 돌며 찾던 셰프가 바로 당신인 것 같습니다. 제 요청을 들어주시면 당신이 얼마를 원하든 지불을 하겠습니다."

"미안하지만 저는 인공적으로 만든 식재료에는 별 관심이 없습니다. 이런 식재료에는 영혼이 없거든요. 자연에서의 기억 말입니다."

단칼에 자르는 민규.

"그렇다고 해도 우리 제품은 100% 자연 재료만 쓰고 있습니다. 화학 기술로 만드는 제품과는 차원이 다릅니다."

"만들었다는 자체가 인공인 거죠. 죄송하지만 다른 사람을 찾아보십시오. 저는 사실 새우 요리 전문이 아니니 저보다 뛰어난 셰프가 많을 겁니다."

"당신 이상은 없습니다. 부디……."

"이해하기 어렵군요. 피펜의 목적이라면 세계적으로 명성을 떨치는 새우 전문 셰프가 더 어울릴 것 같은데."

"저도 그렇게 생각했습니다만 여기서 깨었습니다. 역발상으로 보자면 당신이 세계적인 셰프가 아니기에 오히려 최적의 콘셉트가 될 것 같습니다. 무명 셰프가 했음에도 이렇게 맛난 인공 새우. 이걸 세계적인 셰프가 하면?"

맛이 더 기막히겠지?

소비자들의 상상 욕구를 자극하는 것. 광고 효과로는 최고가 될 판이었다.

"……."

"어떻습니까? 반대로 당신은 세계 요리계의 주목을 받는 계기가 될 수 있을 겁니다."

"죄송합니다."

민규 포지션은 여전히 거절 쪽이었다.

"셰프, 신념은 이해합니다. 하지만 새우를 먹고 싶지만 먹지 못하는 사람도 많습니다. 새우 알레르기가 좋은 예입니다. 일례로 채소 햄버거와 피자에 이 제품을 넣는다면 새우 기분을 제대로 낼 수 있을 것 아닙니까?"

"……."

"저기 벽에 걸린 글귀가 약선요리의 아버지 이윤이라는 사람이라고 들었습니다. 그분에 대해 잘은 모르지만 한마디는 알고 있습니다. 인간은 좋은 것을 먹어 무병장수하는 것을 이상으로 삼는다."

"……!"

민규가 주춤 반응을 했다. 뉘앙스는 다르지만 이윤이 한 말이 맞았다.

"말했다시피 이 제품의 원료는 자연산입니다. 새우로 유명한 일본 스가루만의 사쿠라 새우가 먹는 해초와 아드리아 해협 크바르네르의 해초를 넣었습니다. 이건 당신이 쓰는 말린 식재료의 일종으로 봐주셔야 합니다."

"……."

"일본 최고 회사인 료심을 통해 선별한 일본산 청정 해초를 주성분으로 삼았기에 일본 셰프들에게 기대를 했지만 모두 실패했습니다. 하지만 그 인접한 나라 한국에서 당신을 만났으니 완전한 실패는 아닌 거 같습니다."

이윤의 이름에 이어지는 일본 식품 회사… 그 단어가 민규의 오감을 격렬하게 흔들었다.

─료심.

민규에게는 좋지 않은 단어였다.

"방금 료심이라고 했습니까? 무라카미라는 사람이 대표인?"

"아시는군요? 일본 최고의 해초류 회사입니다. 대표가 셰프 출신이라 해초류 관리 수준이 다른 곳이죠."

"수준이 다르다?"

민규 표정이 변했다. 허튼 웃음 속에서 칼날이 번득거렸다.

"우리가 수집한 해초들 중에서는 최상이었습니다."

"그 해초들 중에 한국산도 있었나요?"

조금씩 벼린 날로 변해가는 민규의 눈빛.

"그건……."

"아까 맛본 한국의 해초, 어땠습니까? 그보다 우수한 해초가 수십 종도 넘습니다만."

"……."

"이 제품, 이미 판매가 되고 있나요?"

"아닙니다. 미국 일부 주에서 시범 판매를 하고 있습니다."

"상품 포장지 좀 볼 수 있을까요?"

"잠깐만요. 검색을 해드리죠."

피펜이 핸드폰을 꺼내 들었다. 그는 엄청난 속도로 화면을 눌러 필요한 화면을 찾아냈다. 그 화면에 상품이 나왔다. 민규가 보려는 건 성분 표시. 하지만 그보다 먼저 상품 전면의 카피가 눈을 파고들어 왔다.

일본 청정 지역 해초 사용.

거슬렸다.

심하게 거슬렸다.

"이 제품, 원료를 바꾸는 게 어렵습니까?"

민규가 물었다.

"그렇지는 않습니다. 제품 개발은 완전히 정상 궤도에 올랐으니 배합 과정만 바꾸면 됩니다."

"포장은요?"

"그 또한 어려울 거 없지요. 시범 출하 단계니까요. 이번 시식 론칭이 성공적으로 끝나면 완전한 포장으로 출하하게 될 겁니다."

"그렇다면 제가 피펜의 제의를 받아들이겠습니다."

콜!

민규의 베팅이 날아갔다.

"셰프!"

피펜이 환희의 비명을 질렀다.

"아직 좋아하지 마십시오. 죄송하지만 조건이 있습니다."

"조건?"

"시식회를 어디서 하실 겁니까?"

"물론 미국에서……."

"저는 한 번만 합니다."

"그건 문제없습니다."

"그리고 아까 해초 원료를 바꾸는 데 큰 문제가 없다고 하셨죠?"

"예."

"그럼 원료 교체를 고려해 주십시오."

"……?"

"일본새우만 좋은 게 아닙니다. 한국의 독도새우도 유명합니다. 나아가 한국의 해초도 일본산에 못지않습니다. 제가 보기에 피펜 제품의 해초는 최상급이 아니었습니다. 실험이 필요하겠지만 원료 해초를 한국산으로 바꿔줄 용의가 있다면 응하겠습니다. 피펜이 최고를 원한다면 못할 것도 없겠지요?"

"해초를 한국산으로?"

피펜의 얼굴에 당혹감이 스쳐 갔다.

"아까 맛을 보시지 않았습니까?"

"하지만 그건 셰프의 요리 실력 때문에……."

"잠깐만요."

민규가 돌아섰다. 1분도 되지 않아 테이블 위에 각종 해초를 올려놓았다. 어제 이모부가 보내온 해초. 일부 사용했지만 아직도 많이 남았고, 산지에서 바로 왔기에 상태도 최상이었다.

"지금 거래하시는 료심이 일본 최고의 해초 식품 회사라고 하셨죠? 료심은 저도 압니다만 그보다 뛰어난 거래처가 한국에도 많습니다. 이건 저와 거래하는 해초상이 보내온 해초입니다. 재료가 싱싱하니 바로 맛을 보셔도 문제없습니다. 무라카미의 일본 해초보다 허접하다면 두 번째 요청은 접겠습니다."

"……."

피펜의 시선은 해초에 꽂혀 있었다. 그냥 봐도 좋은 해초들이었다. 하나씩 맛을 보았다. 다른 해초도 그렇지만 서실나물이 압권이었다. 동해 맑은 영덕 바다 인근에서 나오는 서실나물. 해녀들조차 최고로 꼽는 해초의 여왕이었다. 피펜이 해초를 물었다.

오독오독!

입안을 울리는 식감은 차마 유혹의 연주에 다르지 않았다. 그 독특한 식감에 반하는 피펜이었다. 하나하나 맛을 보지만 그때마다 피펜의 감성은 다양하게 변했다. 한국 해초의 참맛이 그를 홀린 것이다.

"이것 참……."

그의 이마에서 진땀이 쏟아졌다.

"어떻습니까?"

"이 셰프를 만나지 않았으면 큰일 날 뻔했군요. 주성분 해초는 셰프의 요리 수락과 관계없이 한국산으로 바꾸는 걸 고려해 보도록 하겠습니다."

"……!"

"하지만 시간이 좀 걸릴 겁니다. 이쪽 수집상과 계약도 터야 하고……."

"그건 문제없습니다. 제가 그 해초상을 소개해 드릴 테니 만나서 심사를 하시고 하자가 없다면 그분과 거래를 터주십시오. 시장조사를 하시면 알겠지만 한국 최고의 해초 전문가에 성실밖에 없는 사람입니다."

"오, 그렇다면 일이 수월해질 수 있겠군요."

"고맙습니다. 제 할 말은 끝났습니다."

민규가 말을 맺었다. 짧은 시간 동안 피펜은 민규에게 푹 빠져들었다. 요리가 그랬고 해초가 그랬다. 뭔가 조금 빈 것 같던 짝퉁새우. 그 헐거운 곳을 채울 수 있는 찬스로 받아들인 것이다.

"피펜."

경청하던 루이스 번하드가 살며시 운을 떼고 나왔다.

"이벤트 장소는 어디로 정할 겁니까?"

"물론 뉴욕에서 해야겠죠. 요리하면 뉴욕이니 거기서 해야 파급력이 있을 것 아닙니까?"

"그렇다면 셰프."

루이스 번하드의 시선이 민규에게 옮겨왔다.

"기왕에 미국에 오시는 길, 저도 이벤트를 하나 주선해도 될까요?"

이벤트?

루이스 번하드의 이벤트는 또 무엇?

"이벤트라고요?"

"내가 이 셰프 자랑을 좀 하고 싶어서요. 더 많은 사람들에게 이 셰프의 약선요리를 보여줄 기회를 갖고 싶군요."

"선생님."

"피펜도 그렇지만, 뉴욕에 제 친구들이 많거든요. 그들에게 새로운 요리를 소개하고 싶습니다. 이 셰프라면 그들의 갈증을 채워줄 것 같군요. 단출하게 몇 명 초대하되 두당 10,000불 정도. 그들에게는 새로운 경험이 되고 이 셰프에게는 약선요리를 알릴 기회가 될 것으로 봅니다만."

"두당 10,000불은 너무……."

"무슨 말씀. 이 셰프의 약선요리는 그 이상의 가치가 있습니다. 기도의 물을 베이스로 하는 미라클 푸드 아닙니까?"

"……."

"추진해도 될까요? 피펜의 론칭 전에도, 후에도 상관없습니다. 당신이 결정하면 쓸 만한 별장이나 호텔 주방, 아니, 미슐랭 별 주방이라도 비워놓도록 하지요. 원하시면 마음에 드는 곳을 지정하셔도 좋습니다. 내가 뉴욕과 파리, 도쿄, 상하이 등에서는 좀 통하거든요."

루이스 번하드의 눈이 맛깔스레 반짝거렸다. 맛에 대한 호기심으로 가득한 그 눈빛. 민규를 자극하고 있었다. 뉴욕이라면 모든 요리사가 꿈꾸는 도시. 게다가 최상류층 뉴요커를 상대로 약선요리를 선보이는 거라면 거부할 이유가 없었다. 어차피 가는 길인 것이다.

"해보겠습니다."

민규의 대답은 주저가 없었다.

"형."

두 귀빈이 돌아가자 종규가 다가왔다.

"아까 그 사람들이 이모부랑 거래하게 되는 거야?"

"그건 모르지. 하지만 이모부라면 잘해낼 거 같지 않냐?"

"이모한테 전화할까?"

"아니."

"왜? 미리 준비하고 있으라고 해야지."

"그럼 오히려 역효과가 날 수도 있어. 이모부 역량이라면 있는 그대로 부딪치는 게 좋아."

"형……."

"형 한번 믿어봐라."

민규가 종규 어깨를 감쌌다.

'료심…….'

종규의 체온 속에서 한 단어를 상기했다. 이모부 등을 쳤던 악덕 기업 료심. 이후로도 승승장구를 하면서 미국까지 진출한 모양이었다. 하지만 세상에는 음양이라는 게 있다. 해가 지면 달이 뜨는 것이다.

―이모부를 등친 료심의 무라카미.

―해초밖에 모르는 우직한 이모부.

이제 이모부가 반격할 기회였다. 누가 진짜인가? 물론 결과는 이모부의 역량에 달렸다. 하지만 이모부라면, 잘해낼 것으로 믿었다. 하늘은 때려죽이도록 무심하지만 가끔은 무심하지 않을 때도 있으니까.

'부디…….'

그때가 지금이길 바랐다. 마음을 담은 응원 한줄기가 이모부가 있는 경상도 하늘을 향해 날아갔다.

　　　　　*　　　　　*　　　　　*

　이틀 후의 저녁 무렵, 예약 손님이 끝났다. 10명 단체 손님
에 이어 광보 스님과 혜윤 스님까지 다녀갔다. 한 명이 더 있
었다. 혜윤 큰스님에게 물벼락을 맞았던 진광 스님이었다.
　"이놈이 마음 다잡고 정진하길래 국수나 한 그릇 먹일까 해
서 왔습니다."
　큰스님의 말이었다. 진광 스님은 작은 암자에서 수도 중이
라고 했다. 종단의 직함은 모두 내려놓은 모양이었다. 번거로
운 식사는 싫다기에 메밀국수를 내드렸다. 나주상회 이영자
사장님 소개로 공급받는 메밀은 향미가 좋았다. 거피를 하지
않아 거뭇한 느낌이 있지만 묵직하고 뭉긋한 맛을 내줄 반죽.
해초가 좋기에 그걸 갈아 해초 색까지 곁들였다. 메밀국수는
흡사 연잎국수처럼 초록 옷을 입었다. 깔끔한 담음새로 차려
내고 박하차를 곁들였다.
　메밀.
　해초.
　박하.
　모두 머리를 편하게 만드는 재료였으니 수행하는 사람에게
도움이 될 일이었다.

"어허, 메밀 속에 숨은 고소함과 쌉쌀함의 즐거움이 무거운 머리를 개운하게 하누나."

큰스님은 가벼운 걸음으로 돌아갔다.

넉넉하게 반죽한 메밀국수를 다시 썰었다. 홍두깨로 밀어 쓱싹쓱이다. 썰린 메밀국숫발은 보기에도 정겹게 보였다. 조금 넉넉하게 만든 이유는 종규 친구 상택이 때문이었다.

"놀러 온다고 머리 좋아지는 약선요리 좀 부탁한대."

종규의 요청이 들어왔다. 소음기를 개조한 오토바이로 요란을 떨며 상택이 도착했다. 종규의 친구이기도 하지만 민규에게도 고마운 상택이었다. 똥토바이가 바로 상택의 기증이었던 것.

"형!"

마당에 내려선 상택이 민규를 향해 몸을 날렸다.

"얌마, 이 형님은 보이지도 않냐?"

종규가 질투를 불태웠다.

"야, 맛있는 요리 만들어줄 셰프님이 문제지 니가 문제냐?"

상택은 콧방귀로 응수했다.

"얘가 아직 분위기 파악 못 하네. 내가 여기 전체를 책임지는 부셰프거든. 부방장!"

"아이고, 그러셔요? 그럼 손님 왔으면 물부터 내올 것이지 어디서 개폼이야?"

상택이 종규 엉덩이를 돌려 찼다. 종규가 나은 이후로 장난이 심해진 둘이었다.

`"어쭈, 해보자는 거냐?"

"형, 애 좀 봐요. 손님한테 이래도 되는 거예요?"

종규에게 헤드록을 당한 상택이 엄살을 떨었다. 민규가 둘의 어깨 깃을 부여잡고 테이블에 눌러놓았다.

"먹어라. 머리 좋아지는 약선해초메밀국수다."

민규가 요리를 세팅했다. 초록 면발에 붉은 해초무침을 올리고 김을 부셔놓은 다음에 잣 고명으로 장식된 요리였다.

"에? 이게 머리 좋아지는 약선이에요? 그냥 국수잖아요? 고기도 한 점 없고……."

상택이 고개를 들었다.

"그냥 국수가 아니고 약선해초메밀국수!"

민규 역시 한 그릇을 들고 와 동석했다.

"아, 저 진짜 머리 좋아지는 약선요리가 필요하다고요. 며칠 후에 중요한 시험 보거든요."

상택이 울상을 지었다.

"얌마, 시험은 기본 실력으로 보는 거지 이제 와서 머리 좋아지는 요리 먹는다고 공부가 잘되냐?"

종규가 일침을 가했다.

"머리 좋아지는 약선요리 맞다. 머리는 심장에 속하니 목생화(木生火)라, 간을 충실히 하는 음식을 먹으면 피가 잘 돌아 머리가 좋아지지. 목은 신맛에 속하니 목을 돌볼 때는 금에 해당하는 매운맛을 줄이고 심장까지 생각할 때는 짠맛을 줄

여야지. 오미상생에 있어 신맛은 쓴맛을 돕고 매운맛은 신맛을 해치니 심장을 도우면 머리가 좋아지리라."

민규의 일장 이론이 튀어나왔다.

"우와."

상택이 존경스러운 표정을 지었다. 문자가 나오니 그럴듯하게 받아들인 것.

"…하는 건 그냥 이론이고 일단 먹어라. 국수의 주재료는 메밀인데 인체의 이물질을 배출시키고 정신을 맑게 해주거든. 반죽에 넣은 건 해초. 체액을 잘 순환시키고 혈액을 정화하므로 머리를 맑게 해주지. 그래서 고명으로도 더 올렸고 김 역시 해초니까 설명 생략. 마지막으로 잣 또한 단단한 껍질 속에 들어 있는 견과류라 네 뇌수를 차곡차곡 채워줄 거야. 그동안 너한테 신세 진 것도 있고 해서 특별한 약수까지 넣어서 만들었으니까 천천히 먹기나 해."

민규가 쉬운 정리로 이해를 도와주었다.

"그러니까 좋다는 건 알겠는데 그래도 고기 몇 점 정도는……."

"미안하지만 메밀을 돼지고기 같은 거 하고 같이 먹으면 피부병이 생기고 어지러울 수도 있거든."

"……!"

민규의 설명에 상택은 할 말을 잃었다. 그제야 젓가락질을 시작하는데……

'응?'

몇 입을 넘기던 상택이 동작을 멈췄다. 목 넘김이 좋았다. 보기와는 달리 몸에서 착착 받아들이는 것이다.

"이야, 진짜 그런데요? 기분도 좋고 속도 편해지고… 미세먼지와 공해에 찌든 제 머리가 맑음으로 변하는 느낌이에요."

"아, 짜식, 설레발은… 국수 좀 먹자. 침 튀긴다. 응."

옆에 있던 종규가 애정 어린 핀잔을 날렸다.

마무리는 생강차였다. 생강차는 체온을 올려주니 혈액순환을 도와 머리를 맑게 하는 효능이 있었다. 하지만, 그 양은 굉장히 작았다.

"형, 차 좀 더 줘요? 머리 좋아지는 거라면서요?"

이내 잔을 비워낸 상택이 잔을 흔들었다.

"쏘리, 생강차가 머리를 좋게 하는 건 맞지만 많이 먹으면 오히려 머리의 정액을 소모시켜서 좋지 않거든. 딱 거기가 정량이야."

"우워어, 약선이 미워요."

상택이 좌절 모드의 엄살을 떨었다. 대신 질 좋은 작설차를 넉넉히 내주었다. 그 역시 머리와 눈을 맑게 하는 효능이 있으니 상택에게 도움이 될 일이었다.

상택의 오토바이 굉음이 사라지기도 전에 고물 화물차 한 대가 마당에 들어섰다.

"안 돼요. 오늘은 영업 끝났어요."

마당을 쓸던 종규가 두 손을 휘저었다. 하지만 바로 동작을 멈췄다. 차에서 내린 사람, 이모와 이모부였다.

"이모, 이모부!"

종규가 소리쳤다.

"민규는?"

이모부는 민규부터 찾았다.

"어, 이모부님."

마당으로 나오던 민규가 이모부와 눈이 마주쳤다.

"아이고, 민규야!"

이모, 다짜고짜 울음을 터뜨리며 민규 품에 안겨왔다.

"아유, 고마워. 니가 이모부를 살렸어."

민규 손을 잡은 이모는 어쩔 줄을 몰랐다.

"예?"

"니가 이모부를 살렸다고."

"제가요?"

민규가 이모부를 바라보았다. 이모부 역시 굉장히 상기되어 있었다.

"웬 시치미? 니가 미국 사람 보내줬잖아? 그 양반이 이모부 랑 계약을 하고 갔어."

"......!"

'나이스!'

그제야 상황 파악이 된 민규. 주먹을 불끈 쥐고 쾌재를 불 렀다. 이모부가 결국 해낸 모양이었다.

"계약하신 거예요?"

"그래. 그 양반이 계약을 하니까 다른 거래도 한꺼번에 터진 거 있지. 거래처가 네 군데나 늘었어."

"피펜 쪽은 어떻게 하기로 하셨는데요?"

"일단 이거부터 내리자. 이게 귀한 거라서 말이지."

이모가 화물차를 가리켰다. 거기 실린 건 큰 축하 화분과 커다란 아이스박스 한 통이었다.

"화분은 가게 잘되라고 하나 샀고, 아이스박스 열어봐. 이모부가 너 주려고 특별히 구한 거야."

이모가 재촉을 했다.

"이모 몸은요?"

민규가 물었다. 아이스박스보다야 이모가 우선이었다.

"나? 멀쩡해. 지난번에 니 약선요리 먹고 간 이후로 잠도 잘 오고 입맛도 살고… 이젠 좀 무거운 것도 내가 들 수 있어."

"진짜요?"

"그럼. 안 그래도 이모부가 날 잡아서 인사 가자고 하셨는데 마침 미국 사람이 왔지 뭐야? 그래서 이모부가 열 일 제치고 달려온 거야."

"아, 이모부도……."

민규가 머쓱한 표정을 지었다. 그래도 속마음은 고맙기 그지없었다. 이모부는 해초 거래상. 현재의 사업 규모는 모르지만 쉬기 어려운 직업이다. 게다가 재기하려는 마당이니 편히

쉴 사람도 아니었다. 그럼에도 시간을 내서 달려와 주었으니 고마울 뿐이었다.

"열어봐. 여기서는 보기 어려운 거야."

이모가 아이스박스를 당겼다. 종규가 끈을 잘랐다. 테이핑을 벗겨내고 뚜껑을 열자…….

"우와!"

종규가 행복한 비명을 질렀다. 안에 든 건 새우였다. 그냥 새우가 아니었다. 척 봐도 진달래꽃이 핀 듯한 존엄. 새우가 아니라 꽃을 담아온 것 같았다.

"형, 새우야. 꽃새우? 그건가 봐."

종규가 팔랑팔랑 민규를 끌었다.

"……?"

새우를 본 민규도 소스라치고 말았다. 단순히 꽃새우만이 아니었다.

"이거 독도새우 아니에요?"

민규가 이모에게 물었다.

"아유, 얘가 역시 잘나가는 요리사라서 다르네. 척 보면 아네요."

이모가 이모부를 바라보며 손뼉을 쳤다.

"독도새우?"

종규가 새우 하나를 집어 들었다. 새우는 갓 잡은 듯 싱싱한 상태였다.

"독도에 어업 나가는 선장이 있거든. 서울 거래처로 보내야 할 물건이라고 징징거리는 걸 새치기해서 들고 왔지. 우리 조카 주려고 말이야."

이모부가 사연을 알려주었다.

"귀한 도화새우도 있어. 그건 독도에서만 잡히는 거거든."

이모가 다른 새우를 꺼내 들었다. 20㎝가 넘는 대물(?) 새우였다.

"이야, 도화새우……."

민규가 그 새우를 받았다. 언젠가 차 약선방에서 본 적이 있었다. 하지만 그 새우는 이것처럼 크지 않았다.

"종규가 안으로 옮겨만 줘. 오늘 독도새우 요리는 이모부가 할 거야."

이모가 선을 그었다. 그 말에 토를 달지 않았다. 기분이 좋아서 달려온 이모. 표정만 봐도 얼마나 행복한지 견적이 나왔다. 감히 그걸 막을 생각은 없었다.

"자자, 오늘은 내가 번데기 앞에서 주름 좀 잡아본다. 솜씨는 없지만 일일 요리사로 봉사할 테니까 다들 테이블에서 동작 그만!"

이모부의 중대 선언이 나왔다.

손을 씻은 이모부가 새우를 손질하기 시작했다. 익숙하다. 그 손길 또한 요리사에 다르지 않았으니 보기에 편했다. 하지만 편하지 않은 것도 있었다.

'무릎……'

다리가 자연스럽지 않았다. 걸을 때마다 살짝살짝 저는 것
이다.

'이모부.'

몸이 성치 않았다. 그도 그럴 것이 해초 도소매는 쉬운 일
이 아니었다. 특히나 겨울의 물미역 취급은 노가다를 방불케
하는 중노동이었다. 물이 줄줄 흐르는 미역은 쇳덩이보다 무
겁기 때문이었다. 그걸 내리고 쌓고 실어주려면 하체에 엄청
난 하중이 걸린다.

자신의 가게이니 쉬어도 되련만 이모부는 그렇지 않았다.
직원이 없을 때는 없어서 일을 했고, 직원이 있을 때는 화합
을 위해 함께 일했다.

천성이 그렇게 성실한 사람. 그렇기에 민규는 그가 반드시
재기하기를 바랐다. 그런 차에 작으나 도움이 되었으니 기쁘
지 않을 수 없었다. 더구나 이모부 가슴에 대못을 박은 료심
이 아닌가?

'피펜……'

그를 생각했다. 이모부를 위해서라도 짝퉁새우 요리 이벤트
를 대박 내줘야 할 것 같았다.

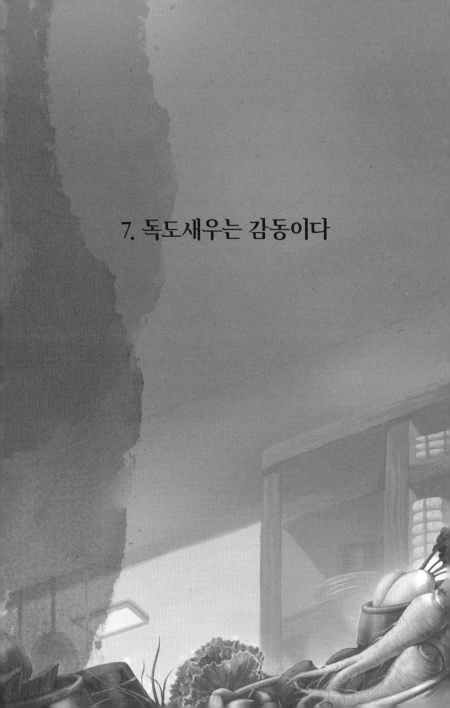

7. 독도새우는 감동이다

"자, 대충대충 요리사의 오늘의 요리가 나왔습니다."

이모부가 새우 요리를 내놓았다. 껍질을 까고 잘 정리한 새우회였다. 세 가지 새우를 한 접시에 둘렀다. 모양을 낸다고 무채를 깔았는데, 완전히 초짜의 솜씨는 아니었다.

"아직도 많으니까 실컷 먹어."

이모부가 요리를 권했다.

"으악, 흰다리새우하고 대하만 구분하면 될 줄 알았더니 이제 독도새우도 공부해야겠네?"

종규가 침을 흘리며 소리쳤다. 틈만 나면 이것저것 뒤적이더니 새우 공부도 하고 있었던 모양이다.

"그건 다 구분할 줄 알고?"

민규가 짐짓 물었다.

"내가 비법을 알아냈지. 뿔을 보면 간단해."

"어떻게?"

"흰다리새우는 뿔이 코보다 짧고 대하는 뿔이 코보다 길어!"

"오, 공부 좀 했는데?"

민규가 종규 머리를 박박 문질러 주었다. 아주 긴요한 구분법이었다.

"그런데 이건 또 어떻게 구분하는 거래?"

"이건 내가 알려주마."

이모부가 나섰다.

독도새우.

따로 독도새우라는 품종이 있는 건 아니었다. 독도새우는 울릉도·독도 인근에서 잡히는 도화새우와 닭새우, 꽃새우 등의 3총사를 망라하는 이름이다. 닭새우는 가시배새우로, 꽃새우는 물렁가시붉은새우로도 불린다. 흔히 보는 대하나 흰다리새우와는 비교 불가의 맛덩어리였다.

셋 중에서는 도화새우의 유명세가 압도적이다. 중요한 외국 정상과의 만찬 때 주로 이 새우가 올라갔다. 그때마다 일본은 '독도새우'라는 이름에 태클을 걸었다. 그들은 독도라는 상징이 만찬에 오르는 것 자체에 진저리를 냈다. 참 지긋지긋한 심통이었다.

도화새우는 크기가 20㎝에 이를 정도로 압도적이라 일품새
우로 불린다. 삼총사 중에서 독도 인근에서만 잡히고 있어 독
도의 상징성에 가장 가까웠다. 수심 150~300미터의 심해에
살아 비린내하고는 담을 쌓았고 달고 쫄깃하다. 덕분에 가격
도 장난이 아니라서 마리당 15,000원을 호가한다.

꽃새우는 그 모양 자체가 그냥 꽃이다. 수조에 담긴 모습을
보면 알 수 있다. 누구든 꽃을 담가놓은 것이 아닌가 착각하
게 만들 정도로 화려하다. 단맛이 좋아 단새우라는 애칭도 있
으며 몸 표면에 미세 가시와 털이 있는 게 특징이다.

마지막으로 닭새우는 머리가 닭벼슬 모양이라 붙은 별칭이
다. 몸길이의 두 배가 넘는 굵은 더듬이가 상징이다. 꽃새우와
닭새우는 울릉도 인근 해역, 11월부터 1월경에는 주문진이나
속초 등지에서도 잡을 수 있다.

독도새우는 독도라는 상징성 때문에 유명해진 게 아니다.
그 맛이 가히 바다의 보물이었다. 한번 맛보면, 누구든 평생
그 맛을 잊기 어려웠다. 살이 굉장히 단단하고 쫄깃하면서도
달달하다. 단맛 뒤에 담미까지 그윽하니 먹으면 그냥 약이 되
는 것이다.

"자, 우리 민규부터, 아!"

이모부의 설명이 끝나자 이모가 도화새우 한 점을 집어 들
었다.

"종규부터 주세요."

"안 돼. 종규도 이쁘지만 니가 이 집안 기둥이야. 그렇지 종규야?"

이모가 종규의 동의를 구했다.

"100% 공감요."

종규가 답하자 이모의 손이 우격다짐처럼 입으로 들어왔다. 20㎝가 넘는 초대형 새우의 살점. 크기도 크기지만 그 풍후한 풍미가 숨통을 막아버렸다.

우물!

"……!"

마치 솜사탕을 문 것 같았다. 아니, 아이스크림일까? 아니, 초자연에서 뚝 떨어진 부드러운 푸딩? 그것도 아니면 천국의 솜사탕?

민규 입안에 오만가지 행복이 번져갔다. 그건 감히 형언할 수 없는 신선의 맛이었다. 살살 녹았지만, 그냥 녹는 게 아니었다. 오감까지 함께 녹이는 것이다. 옥침은 바로 홍수를 이루었다. 더 오래 감상하고 싶었지만 허용되지 않았다. 꿀껑, 식욕이 새우를 삼켜 버렸다.

새우살이 위로 내려가자 위가 따뜻해졌다. 그 따뜻함은 곧 피가 되어 오장육부를 물들이기 시작했다. 동시에 위가 미친 듯이 뇌를 자극했다.

더, 더, 더!

더 먹어달란 말이야!

"어때?"

이모가 물었다.

"후아, 이건 뭐 진짜 둘이 먹다 하나 실려 가도 모르겠네요?"

"그렇지? 자, 이제 종규도 하나."

이모의 손이 종규를 거누었다.

"우워어, 난 그냥 기절할래."

맛에 취한 종규가 파닥거렸다. 물 제대로 만났다. 종규는 폭풍흡입의 시범을 보이고 있었다. 제대로 씹지도 않고 마구 넘기는 것이다.

"이모부도 드세요."

민규가 오늘의 요리사에게 새우를 권했다. 자고 간다기에 약초술도 한잔 권할 생각이었다.

'그럼 슬슬 상지수창을 출동시켜 볼까?'

이모부 덕분에 행복한 이 순간, 그러나 여기는 약선요리를 하는 이민규의 커맨드센터. 귀한 선물을 가지고 먼 길 달려온 사람을 그냥 보낼 수 없었으니 상지수창 레이더가 가동되기 시작했다.

체질 유형─水형.

간담장─허약.

심소장—양호.

비위장—양호.

폐대장—양호.

신방광—허약.

포삼초—양호.

미각 등급—B.

섭취 취향—平食.

소화 능력—C.

이모부의 체형은 수형, 그러나 배와 무릎이 좋지 않았다. 그곳의 탁한 덩어리가 신방광에 이어졌다. 신장의 결함으로 인한 애로라는 의미였다.

'신실(腎實).'

대략의 원인을 알았다. 신장에 열이 있든지 아니면 노폐물이 쌓인 것이다. 가만히 지켜보니 잔기침도 뒤따른다. 땀도 엿보인다.

"감기가 오려는지……."

민규 눈빛을 의식했는지 이모부가 둘러댔다. 감기가 아니었다. 배와 무릎이 부으면서 기침까지 나면 신장에 문제가 있는 것이다. 상지수창의 정보도 그랬다. 신방광이 허약하니 간장까지 영향을 끼쳤다. 오래 두면 마침내는 심소장에도 영향을 미치게 될 일이었다.

"그거 감기가 아니고 신장에 무리가 와서 그래요. 이모부, 배하고 무릎 쪽이 늘 부어 있죠?"

"어? 당신이 말했어?"

이모부가 이모를 돌아보았다.

"이모가 아니고 제가 약선공부를 좀 했더니 돌팔이 한의사쯤은 돼요. 허리 좀 봐드릴게요."

민규가 이모부 뒤로 돌았다. 도구는 나무젓가락이면 되었다. 요추 2번과 3번을 기준으로 혈자리를 잡았다. 신수혈로 불리는 혈자리였다. 여길 자극하면 신장이 튼튼해진다. 친척 끼리니 의료 행위가 어쩌고 할 일도 없었다.

"어, 시원한데?"

몇 번 자극을 해주자 이모부가 허리를 폈다.

"그렇다니까요. 우리 민규가 옛날 민규가 아니에요. 약선요리는 또 얼마나 기막힌데……."

이모 목에 힘이 들어갔다.

"이야, 용하네? 조금 더 해줘봐."

이모부가 재촉했다. 민규는 당연히, 몇 번의 수고를 더해주었다.

"아이고, 당장 물미역 지고 날라도 끄떡없겠는데?"

이모부의 기가 살아났다.

"조금만 기다리세요. 마무리해 드릴게요."

민규가 준비한 건 진하게 우러난 산수유와 모과 약술. 이모부의 체질과 무릎에 잘 먹힐 성분이었다. 이모부의 상지수창과 감을 맞춰가며 초자연수를 소환했다.

정화수 한 방울.

톡!

지장수 한 방울.

톡!

두 방울이 더해지자 이모부의 상지수창과 분위기가 비슷해졌다.

'이건 보너스.'

마무리는 옥정수. 머리가 희끗해져 가는 이모부를 위한 서비스였다. 옥정수는 몸을 윤택하게 하고 머리털이 하얗게 쇠는 걸 막아주는 효과가 있었다.

"남기지 마시고 천천히 다 드세요. 그런 다음에 푹 자고 나면 좀 나을 겁니다."

"어이쿠, 안 그래도 한 잔이 궁금하던 참인데……."

이모부가 반색을 했다.

"그나저나 피펜과는 어떻게 된 거예요?"

독도새우의 맛 충격에 익숙해져 갈 즈음 민규가 물었다.

"피펜? 아, 그 미국인?"

"예."

"그 사람… 처음에는 웬 낮도깨비가 왔나 했어. 느닷없이 코쟁이가 와서 쏼라쏼라거리니 무슨 일인가 싶었지."

"······."

"일단 주변에서 모을 수 있는 분량 긁어가지고 1차로 보냈어. 계약금도 넉넉하게 받았고."

"정식 계약도 하셨나요?"

"그랬지. 사람이 배워서 버릴 거 없다더니 일본 놈들 하고 국제 거래한 게 도움이 되더라고. 일본이나 미국이나 물건 보내기는 마찬가지니까."

"예······."

"그런데 그 양반, 대단하더라고."

"어떤 점이요?"

"나중에 알았는데 우리 근방의 해초 도소매상을 싹 쓸어 조사를 했더라고."

"예?"

"그뿐 아니라 근처 선주들 하며 인근 경매까지… 아, 미국 사람들 대단해."

"어떤?"

"사전조사지. 주변에서 내 평판 다 확인하고 그 주변 도매상들의 물건 수준까지 다 확인한 다음에 나한테 온 거야. 내가 자기들하고 거래할 능력이 있는지 없는지 다 뒤지고 온 거지."

"그래서요?"

새우를 문 종규가 바짝 다가앉았다.

"그래서는 뭘? 너희 이모부가 물건 보는 눈 하나는 최고잖아? 게다가 아는 사람은 다 알지. 너희 이모부가 신용도 최고라는 거."

설명은 이모 입에서 나왔다.

"아무튼 가게에 떡 들어서더니 물건부터 보는 거야. 내가 주제에 돈 못 벌어도 허접한 물건은 아예 취급을 안 하잖아? 그러니 당연히 다른 가게 물건보다 질이 좋을 수밖에. 네 이름 팔길래 가진 물건 다 보여줬더니 데리고 온 통역을 통해서 계약서를 내밀더라고."

"……!"

민규의 등골이 오싹해졌다. 새로운 길을 개척한다는 거. 그건 정말 대충해서는 안 되는 일로 보였다. 민규의 추천이라면 닥치고 계약을 했을 수도 있는 일. 그러나 그렇게 꼼꼼하게 접근해 왔다고 하니 오히려 신뢰가 갔다. 대충 일하는 인간치고 믿을 수 있는 사람 드무니까.

"다른 말은 없고요?"

민규가 물었다.

"딱 한마디 하더라."

'한마디?'

"품질 엄수, 기일 엄수."

"……."

"그렇게 사인을 했더니 주변 사람들이 몰려오는 거야. 그 사람들도 감이 있지 않겠냐? 미국의 큰 식품 회사하고 거래 체결했다고 했더니 거래 꺼리던 몇 군데에서도 바로 입질을 하더라고. 내가 우리 조카 덕분에 숨통 제대로 트이게 생겼다."

"그게 왜 저 때문입니까? 이모부 능력이죠."

"능력이지. 하지만 세상이 능력만으로 통하는 건 아니거든. 때라는 것도 중요한 거야."

"아무튼 잘됐네요. 제가 볼 때도 그 회사가 앞으로 최고의 메이저 식품 회사가 될지도 모르니 잘 거래하세요."

"그 양반 말로는 자기 잘되고 못되고는 너한테 달렸다고 하더라만."

"그냥 저 한번 띄워준 거죠 뭐."

"하여간 우리 민규도 나도 이제 구름이 좀 걷히나 보다. 그동안 너희들 도와주지 못해서 마음이 무거웠는데……."

"무슨 말씀이세요. 이모부님이 해주신 게 얼만데."

"그렇게 알아주면 고맙고."

이모부 눈에 이슬이 맺혔다. 민규가 슬쩍 화제를 돌렸다.

"실은 그 계약에 비하인드 스토리가 있어요."

"비하인드 스토리?"

이모부가 고개를 들었다.

"료심 아시죠?"

"그 일본 놈의 회사?"

"예."

"그 얘기는 그만하자. 내가 그 단어만 들어도 아직 치가 떨리거든."

이모부가 남은 술잔을 단숨에 비워냈다. 그 심정이 어떤지 알 것만 같았다.

"알아요. 그래서 말씀드리는 거예요. 미국 사람 피펜이 거래하던 해초상이 료심의 무라카미였거든요. 그 해초가 좋다고 침 튀기며 칭송을 하길래 이모부에게 연결시킨 거죠. 진짜로 좋은 해초가 어느 나라 건지, 진짜 최고의 해초상이 누군지 보여주고 싶었어요. 그 기대를 이모부가 멋지게 충족해 주신 거죠."

"방금 뭐라고 했냐? 그 미국인과 거래하던 곳이 무라카미의 료심?"

"예."

"……."

"이모부님이 한 방 멋지게 먹여주신 거죠. 아마 거래처 바꾼다는 소리 들으면 무라카미인지 누군지 뒷골 땡겨서 잠 안 올 걸요?"

"그, 그건……."

"이모부, 속 시원하죠?"

종규가 기다렸다는 듯이 물었다.

"당연하지. 내가 그 자식 갈아 마셔도 시원치 않았는데…

허어, 그게 그렇게 되는 거였다니… 내가 료심에게 한 방 먹었단 말이지? 그 두 얼굴의 무라카미 놈에게?"

"미리 전화드릴까 했는데 이모부 마음이 복잡해질까 봐 얘기 안 했어요. 이해하세요."

"아니야. 네 말이 맞다. 그 사연을 미리 알았다면 흥분해서 제정신이 아니었겠지. 진짜 잘했다. 그리고 고맙다."

이모부가 민규 손을 잡았다. 격정을 삭히는 얼굴이 꽃새우처럼 붉게 상기되어 있었다.

"개운하게 한 잔 더 하세요. 이건 술이 아니고 진짜 약이거든요."

민규가 산수유 술을 부어주었다.

"그래. 이 좋은 날 마셔야지. 너희도 한 잔씩 해라."

이모부가 맥주병을 들었다.

민규와 종규도 한 잔씩 걸쳤다. 독도새우는 술도 취하지 않았다. 먹고 또 먹어도 물리지 않았다. 오늘 약선은 민규 손맛이 아니었다. 동해바다의 정기에 더해 이모네 부부의 푸근한 마음, 재기의 발판이 되는 계약이 약선이 되는 날이었다.

'보란 듯이 재기하세요. 당신은 그럴 자격이 있습니다.'

이모부의 잔이 빌 때마다 마음도 함께 따라주는 민규였다.

달각!

이른 아침, 이모 부부가 마실 차를 준비해 놓고 주방을 나왔다. 시장을 보러 갈 생각이었다. 이모 부부가 왔으니 아침상 거리도 찾아보고 싶었다.

"형."

뒤에서 속삭이는 소리가 들렸다. 돌아보니 종규였다.

"같이 가야지."

그 소리 또한 속삭임이었다.

"더 자지 않고?"

"내가 무슨 잠꾸러기야? 부셰프 체면이 있지."

"흐음, 우리 부셰프 연봉 많이 줘야겠는걸? 운전에, 부셰프에, 관리에, 서빙까지 맡고 있으니."

"그럼 좋지."

종규가 운전석에 앉았다.

'푹 주무시니 좋네?'

가만히 가게 안을 돌아보았다. 잠이 없는 이모네 부부. 다행히 꿀잠을 자고 있다. 약주 때문으로 보였다. 좋은 분위기에, 좋은 술, 거기에 독도새우까지 있었으니 취하지 않는 게 이상할 정도였다.

"타!"

시동을 건 종규가 민규를 불렀다. 그 순간……

"민규야아!"

내실 쪽에서 이모의 비명이 터져 나왔다.

"뭐지?"

종규가 차에서 뛰어내렸다. 민규는 벌써 안으로 달리고 있었다.

"왜 그러세요?"

안으로 들어선 민규가 내실 문을 열었다. 그 눈에 들어온 건 이모네 부부였다. 이모부는 엉거주춤 앉은 채 무릎을 까놓고 보고 있고 이모는 그 옆에 매미처럼 붙어 있었다.

"이것 좀 봐. 네 이모부 무릎……."

이모가 무릎을 가리켰다.

"이게 말이지… 너희들 잠 깰까 봐 조용히 일어났는데… 내 무릎이 새벽에 일어나면 굉장히 아프거든. 그래서 습관처럼 벽을 잡고 일어섰는데……."

"……."

"아프지가 않아."

"예?"

"아프지가 않다고. 이게 아침에 일어나면 한참은 내 다리가 아닌 것 같거든. 그런데 기름을 칠한 듯 잘 돌아가네."

"……."

"아휴, 민규야. 니 덕분이다. 니가 이모부 다리 고친 거야."

이모가 민규 손을 끌었다.

"거참 신기하네. 이게 침에다 물리치료, 산삼 효소액까지 마셔대도 나을 생각을 않던 건데……."

"그러게 내가 뭐랬어요. 민규 약선이 기가 막히다고 했잖아요."

"아무튼 고맙다. 내 다리가 나을 줄 몰랐어."

이모부가 일어섰다. 다리를 펴보고 제자리걸음도 하고, 심지어는 깡총 걸음까지 떼어도 결과는 변하지 않았다.

민규 눈은 이모부의 상지수창에 있었다. 신장의 수막창이 변했다.

배와 무릎의 혼탁도 거의 사라졌다. 민규가 계산한 임계점이 제대로 맞은 것이다.

"좋아요. 저희는 시장에 좀 다녀올 테니까 준비해 둔 차 한 잔 마시면서 기다리고 계세요. 다녀와서 맛난 식사해 드릴게요."

민규가 돌아섰다. 용기백배의 아침이었다.

시작이 좋으면 유리하다. 뭐든 그렇다. 첫 끗발이 개끗발이라는 건 도박에서나 나오는 말이다. 오늘 아침, 적어도 민규에게는 그랬다. 장에서 좋은 재료를 많이 만났다. 약초꾼들이 대물을 만나듯, 민규에게도 그런 날이었다.

"……!"

하지만 장에서 돌아온 민규는 웃음기가 가셨다. 재희 때문이었다.

재희가 출근한 건 별문제가, 없었다. 문제는 이모 부부가 가버렸다는 사실이었다. 두 분이 있어야 할 자리에는 따뜻한 밥상이 차려져 있었다.

"제가 왔을 때는 이미 밥이 거의 다 되었더라고요. 이모님이라고 하시면서 셰프님 오면 먹게 하라는 말씀을 남기고……."

"……!"

상보를 벗긴 민규가 또 한 번 놀랐다. 거기 준비된 건 따뜻한 미역국과 민어구이였다. 돌아올 시간을 문자로 묻더니 거기에 맞춰 요리를 한 모양이었다.

"형……."

종규 목소리가 젖었다. 하루 24시간을 살아도 바쁜 이모네. 그런 차에 가게를 비우고 왔으니 당연한 일이기도 했다. 밥상머리에 메모가 보였다.

우리 민규, 종규, 생일상 받아본 지 오래됐지? 엄마 손만은 못하겠지만 식기 전에 먹었으면 좋겠다. 그리고 정말 고마워. 이렇게 대견하게 크고 있으니 언니가 너희를 자랑스러워할 거야.

"형."

"……."

"아, 이모 진짜……."

"먹자."

민규가 말했다.

"뭐라고?"

"먹자고. 이모님이 우리 생각해서 만드셨잖아? 민어구이 아무나 먹는 줄 아냐?"

"형……."

민규가 먼저 숟가락을 들었다.

미역국이 죽여줬다. 소고기 안심을 달달 볶다가 마늘을 넣고, 미역을 함께 넣어 볶았다. 자글자글 맛이 섞이자 물을 붓고 끓여냈다. 어머니가 끓여내던 방법이었다. 어머니의 맛이었다.

"아, 젠장……."

종규 목소리가 안으로 잠겼다. 그리고 어머니 미역국을 모를 리 없었다.

"셰프, 파 송송 썰어서 가져올까요?"

재희가 물었다. 많은 국에 파가 들어간다. 그렇다 보니 미역국이 허전해 보이는 모양이었다.

"땡큐, 하지만 미역은 파하고 궁합이 안 맞거든."

민규가 웃었다. 그 말은 진짜였다. 이유는 파의 성분이 미역의 칼슘 성분 흡수를 방해하기 때문이었다. 하지만 그런 이유가 아니더라도 그냥 먹을 민규였다. 이 미역국에는 이모의 정성이 담겼으니까. 어머니의 맛에 가장 근사한 솜씨니까.

"좋은데? 역시 요리는 얻어먹어야 제맛이란 말이지."

민규가 웃었다.

"아, 씨… 그래도 얼굴은 보고 가셔야지."

종규는 투덜거리면서도 미역국을 깡그리 비워냈다. 민규도 물론 한 그릇 추가였다. 형제는 미역국 냄비를 박박 긁어버리고 말았다.

이 또한 밥도둑이다.

주방에 엄마가 있는 듯 따뜻한… 독도새우도 감히 따라오지 못할 감동의 맛. 형제의 배 속은 천국을 품은 듯 개운해졌다.

*   *   *

오전 예약을 준비할 때 전화가 들어왔다. 피펜이었다.

―안녕하세요? 셰프!

그의 목소리가 밝았다. 전화기를 들고 밖으로 나왔다. 영어에 익숙한 편은 아니었기에 소음이 있으면 해석에 애로가 있었다.

"안녕하세요."

―말씀하신 대로 한국 해초를 구했습니다. 해초 성분은 그것으로 교체하겠습니다.

"예."

―시식회는 2주 후에 잡으려고 하는데 괜찮을까요? 시장 사정상 그때 시식회를 해야 출시 타이밍을 맞출 수 있거든요.

"알겠습니다."

―고맙습니다. 그럼 2주 후로 잡고 비행기 표를 보내 드리겠

습니다.

"저도 고맙습니다. 의견을 받아주셔서."

—천만에요. 좋은 해초를 옆에 두고 지나쳤는데 셰프 덕분에 제품이 더 보완되게 되었습니다. 진심으로 감사를 전합니다.

"예."

—그럼 2주 후에 뉴욕 공항에서 뵙겠습니다. 제가 배웅을 나갈 거거든요.

"알겠습니다."

통화가 끝났다.

'2주 후……'

그렇게 멀지 않은 날. 루이스 번하드가 주선하는 테이블까지 커버하려면 준비가 좀 필요했다. 고개를 드는 민규 눈에 한복이 들어왔다. 어떤 할머니였다. 마당 앞에서 기웃거리더니 들어오지 않고 주저한다.

'동네 할머니인가?'

바쁜 관계로 주방으로 복귀했다. 오전은 눈코 뜰 새 없이 지나갔다. 약선죽 손님들 때문이었다. 이규태 박사와 길두홍 박사, 김순애 여사의 추천이 점점 늘어나고 있었다. 추천은 꼬리에 꼬리를 물었다. 다녀간 사람들이 SNS를 시작하면서 '좋아요'가 기하급수적으로 늘었다. 누군가 그것들을 퍼 나르면서 인터넷에서도 슬슬 위력을 발휘하고 있었다.

죽은 사실 생각보다 손이 많이 가는 요리였다. 왜 아니 그
럴까? 죽은 인간의 소화를 대신 시켜주는 과정까지를 책임져
야 했다. 자칫하다가는 눌어버린다. 그렇게 되면 화기가 스며
든다. 화기는 본연의 맛을 버리는 것이니 한시도 소홀할 수 없
었다.

"아휴, 속이 다 시원하네."

"이 죽이 만병통치야. 만병통치."

민규 죽을 먹은 사람들이 이구동성 합창을 했다. 병원에서
온 사람이거나 현재 암 등을 앓고 있는 사람이라 해도 만족도
100%였다.

사람이 아프면 먹거리가 생각난다.

바로 그것, 언젠가 맛나게 먹었던 것, 혹은 그 몸이 땡기는
음식. 그걸 한번 개운하게 먹으면 병이 나을 거 같은데 그게
쉽지 않았다. 더러는 집에서 하기 어려운 음식이었고, 설령 할
수 있다고 해도 입이 받지 않았다.

민규는 그걸 해결하고 있었다. 체질에 고려하고, 초자연수
를 가미함으로써 환자의 기호에 맞춰주니 맛과 영양, 인체의
빈 부분을 정확하게 채워주었다. 개운하지 않고 배길 재간이
없었다.

입소문이 나면서 죽 단골도 많이 늘었다. 오늘의 마지막 죽
손님은 조금 특별했다. 피펜과 통화할 때 보았던 그 한복의
할머니였다.

"셰프님."

재희가 민규를 불렀다. 나가 보니 할머니가 마당에 서 있었다.

"약선죽 드시러 오셨다는데……."

재희가 민규 등을 밀었다. 할머니는 아직도 쭈뼛쭈뼛 주저하고 있었다.

"여기가 비싸다고 하던데……."

할머니 표정은 굉장히 조심스러웠다.

"얼마짜리가 제일 싸요? 내가 오다 보니 돈이 만 원밖에……."

"그거면 충분합니다."

민규가 할머니를 모셨다. 안으로 들어선 할머니는 스스로 구석 자리를 찾아 앉았다. 金형의 체질에 폐질환을 앓은 분.

ㅡ약선연근더덕죽.

메뉴 하나를 뽑아냈다.

연근은 비위장에 좋다. 비위장은 오행에 있어 土에 속한다. 더덕은 폐에 좋다. 폐는 金에 속한다. 토는 금을 도와 토생금이니 할머니의 지친 몸을 달래기에는 제격이었다. 곡류 역시 금형 체질에 좋은 율무를 넣고 끓이다 마지막에 흰 우유를 더했다.

톡!

식욕을 당기게 해주는 요수 한 방울 플러스는 필수 아이템.

완성된 죽 위에 고소한 참기름 한 방울에 흑임자와 잣 몇 알을 올렸다. 달달하고 시원한 돌배차와 함께 내니 금형 체질 폐대장을 달래는 요리로 부족하지 않았다.

"폐에 좋고 맛도 부드러운 연근더덕죽입니다. 율무를 넣고 좋은 물을 더해 죽을 쑤었으니 드시면 속이 편안해질 겁니다."

테이블에 연근더덕죽이 세팅되었다. 할머니는 너무 겸손했다. 민규의 설명에도 황송해하는 모습이 역력했다. 죽은 그 입맛에 제대로 맞았다.

"아유, 맛나네, 맛나."

할머니는 허겁지겁이다. 식욕이 땡기니 손을 쉴 수 없었다.

"집이 멀면 죽 쑤는 법을 알려 드릴까요?"

민규가 조심스레 물었다. 형편을 보아하니 자주 오지 못할 사람으로 보였다. 그래서 레시피를 줄 생각이었다. 민규와 똑같은 맛을 낼 수야 없겠지만 그래도 도움이 될 일이었다.

"아뇨. 내가 요리를 잘 못해요. 어릴 때부터 얻어만 먹다 보니⋯⋯."

"그럼 다른 분에게 해달라고 하면⋯⋯."

"미안하지만 내가 혼자 살아서⋯⋯."

할머니의 대답에 우수가 서렸다.

체질 창으로는 식욕에 소화력이 무난한 분⋯ 조금 더 먹어도 될 것 같았다.

"더 드릴까요?"

죽이 바닥날 즈음 민규가 물었다.

"아, 아니에요. 너무 잘 먹었어요. 남편 가고 이렇게 맛있는 식사는 처음이었던 거 같아요."

손사래를 치는 할머니의 미소가 고단해 보였다. 동시에 깊은 외로움이 서려 있다. 100세 시대가 되면서 혼자 사는 사람이 많은 세상. 사람과의 대화가 자연스럽지 않은 걸 보니 할머니 주변은 텅 비어 있는 것 같았다.

"조금 남았으니까 더 드세요. 조금만 기다리세요."

민규가 돌아섰다. 남은 죽을 떠서 돌아오니 할머니가 보이지 않았다. 테이블에는 천 원짜리 지폐와 500원 동전 몇 개가 놓여 있었다. 천 원 권 8장에 오백 원 동전 4개. 계산은 정확했다. 처음이었다. 천 원짜리 지폐와 동전으로 계산을 하고 간 할머니… 대개는 카드 아니면 5만 원짜리 지폐 계산이 대세기 때문이었다.

왜 그렇게 기죽은 모습이었는지 짐작이 갔다. 민규도 그런 날이 있었다. 하나둘 모은 동전을 들고 마트에 간 날. 10원짜리도 있고 100원짜리도 있었다. 한 보따리 동전으로 계산을 할라 치면 괜히 주눅이 들었다. 카운터에 사람이 비기만 기다렸다. 그걸 내놓을 때 역시 그리 떳떳하지는 못했다.

"재희야."

재희를 불렀다.

"네, 셰프님."

"여기 할머니 가시는 거 봤니?"

"조금 전에 계산은 테이블에 했다고 휘적휘적 나가시던데요?"

"……"

"뭐가 잘못됐어요?"

"아니."

민규가 밖으로 나왔다. 저만치 할머니의 뒷모습이 보였다. 걷는 모습 또한 고단해 보였다.

"할머니!"

민규가 할머니를 불렀다. 할머니가 겨우 고개를 돌렸다.

"이거 약수인데요? 가져가셔서 드세요."

민규가 물병을 내밀었다. 할머니에게 도움이 될 초자연수였다.

"이런 거 안 줘도 되는데……."

할머니가 황송한 표정을 지었다. 미안함과 고마움이 기묘하게 섞인 표정이었다.

"이거 아끼면 안 되고요. 한두 시간 안에 다 드세요. 그리고 천 원짜리 지폐 너무 고맙습니다. 저희가 손님 잔돈 거슬러 줄 때 너무 필요하거든요."

민규가 때 묻은 지폐를 흔들었다.

"정말요?"

"네, 그러니까 다음에 또 오시면 천 원짜리나 오백 원짜리 좀 부탁해요."

"알았어요."

할머니의 얼굴이 환하게 펴졌다. 그렇게 돌아가는 걸음은 조금 편안해 보였다. 죄 지은 듯 잔돈을 놓고 가던 할머니. 민규의 말이 위로가 된 것이다.

"또 오세요. 다음에는 더 맛있게 해드릴게요."

민규가 소리쳤다. 버스를 세우던 할머니가 돌아보았다. 백이면 백, 고급진 자가용을 타고 오는 곳. 버스 앞의 할머니가 민규 마음을 흔들었다. 없는 살림에 건강 때문에 꼬깃꼬깃 모은 쌈짓돈을 꺼내 오신 분. 혹여 폐가 될까 입지 않던 한복 단장까지 하고 오신 분.

부릉!

버스는 떠나도 할머니의 낡은 한복은 민규 기억에 오래 남았다.

8. 정조대왕의 수라상

　지구에는 사람이 많다. 민규네 가게에 오는 손님들도 다양
했다. 매너 좋은 사람도 있고 진상도 있었다. 같은 요리에 반
대로 반응하는 사람도 있었다. 이날의 손님들이 그랬다.

　약선죽 손님들이 자리를 비우자 점심시간이 가까웠다.

　'구의회 의장과 김순애 여사님.'

　다음 예약이었다.

　구의회 의장.

　드물게 이름 대신 직함이 적혀 있었다. 예약자 때문이었다.

　"의장님 모시고 갈 거니까 잘 좀 부탁합니다."

　예약자는 후원회장이라고 했다. 시종일관 반말 투였다. 바

빠서 그러나 싶었지만 그게 아니었다. 확인은 연못가의 주차
에서 시작되었다.

"안녕하세요? 여기는 산책로니까 저쪽으로 좀 대주시겠어
요?"

종규가 주차 자리를 정정해 주었다. 여기 차를 대면 연못이
가리는 까닭이었다.

"뭐야? 아무 데나 대면 되지 까다롭게……."

조수석에서 내린 후원회장, 초면부터 각을 세웠다.

"그래도 주차는 저쪽이……."

"우리 의장님이셔. 안내나 해."

후원회장은 막무가내였다. 결국 종규가 내실로 안내를 하게
되었다.

"아, 존나 재수 털리네."

주방으로 온 종규가 볼멘소리를 냈다.

"왜?"

손의 물기를 닦아내던 민규가 물었다.

"방금 예약 손님 말이야. 차를 저기다 대놓고 옮겨달래도
말을 안 듣네? 게다가 반말 찍찍거리면서."

"손님이 왕이지 니가 왕이냐? 대우받으려고 하게."

민규가 웃었다.

"반말이 기분 나쁜 게 아니라 사람 개무시하니까 그렇지."

"참으십시오, 부셰프님."

민규, 종규를 달래고 내실로 들어섰다.

"안녕하세요? 찾아주셔서 고맙습니다."

의장과 후원회장에게 인사를 했다. 그 보답은 까칠한 반말로 돌아왔다.

"어이."

잘난 후원회장이셨다.

"예. 원하시는 요리가 있습니까?"

신경 끄고 정성껏 응대를 했다.

"이분 알지? 여기 구의회 의장님."

반말이다. 그것도 불친절한 반말이었다.

"다음에 구청장 나가실 몸이셔. 알아서 모시라고."

후원회장의 저렴한 폭주에는 브레이크가 없었다.

"배 회장님, 왜 그러십니까? 주 의원님 낙점도 안 떨어졌는데."

겸손한 척 한마디 하는 단체장의 목소리도 크게 다르지 않았다. 은근히 누리는 것이다.

"의장님이 주 의원님 오른팔 아닙니까? 구민 여론을 봐도 다음번 구청장 공천은 무조건 의원님 몫입니다. 아, 아니면 제가 가만히 안 있죠."

"뭐 그렇기는 합니다만."

"아, 오늘 주 의원님도 함께 모시고 왔어야 하는 건데⋯⋯."

"선약이 있으시다니 어쩌겠습니까?"

"하긴 그렇습니다. 일단 우리가 한번 먹어보고 괜찮으면 따로 모시도록 하지요. 그 일도 제가 책임지고 추진을 하겠습니다."

"허어, 김 사장님 신세를 너무 지고 있어서."

"아따, 우리 사이에 왜 이러십니까? 저는 의장님이 구청장 찍고 국회에 입성할 때까지 닥치고 지원할 겁니다."

"말씀이라도 고맙습니다."

"모처럼 기분 한번 내시죠. 그동안 구정 살피시느라 골머리를 앓았으니."

"그럽시다. 김 회장님이 원하는 데야 못할 게 있겠습니까?"

"이봐, 셰프!"

이번에는 손가락을 까닥거리며 민규를 부르는 후원회장.

"예."

"듣자니 약선요리부터 정통 궁중요리까지 다 가능하다고?"

"예."

"그럼 말이야, 여기 임금의 수라상으로 상다리 휘도록 차려와 봐. 조선시대 임금이 받은 수라상 그대로 말이야."

"그대로 말입니까?"

"그래. 아주 똑같이."

"왕의 수라상은……."

"아, 우리 바쁘니까 잔소리 말고 시키는 대로 해. 왕의 수라상. 왕이 마시는 약주 같은 거 있으면 한 병 내오고."

"예."

"그리고, 여기 뭐 특별 서비스 같은 거 없어?"

"예?"

"아, 이 친구 눈치 없네. 이분이 여기 구의회 의장님이시라고. 의장."

"……."

"참고 삼아 말하는데 저 위쪽 차 약선방은 의장님이 뜨면 서비스로 상다리가 부러지거든."

"……."

"눈치껏 해. 이분한테 잘 보여서 손해날 거 없으니까."

"하하, 거 너무 쪼지 마십시오. 서비스라는 게 알아서 가져와야 맛이 나는 법이니까요."

의장, 후원회장과 죽이 척척 맞았다.

"우리 둘이 긴히 할 얘기가 있으니까 괜히 종업원들 얼쩡거리게 하지 말고… 알았으면 나가봐."

후원회장이 복도를 가리켰다. 노골적으로 서비스를 요구하는 두 사람. 그냥 웃어넘기고 말았다.

왕의 수라상.

고개가 갸웃 돌아갔다. 알고나 주문을 하는 걸까? 하긴 어쩌면 차 약선방에서 먹어봤을 수도 있었다. 차만술이라면 고증을 떠나 저들의 비위대로 맞춰줄 사람이었다.

일단 약주부터 찾았다. 약선모과주가 선택되었다. 그보다

상급인 활맥모과주(活脈木瓜酒)가 있지만 아직 제대로 숙성되지 않은 까닭이었다.

두 사람은 이제 장년. 슬슬 풍한사기(風寒邪氣)가 들고 혈맥에 때가 낄 때였다. 더구나 모과는 힘줄과 뼈를 튼튼하게 하고 무릎과 다리가 아픈 것까지 어루만지니 나쁘지 않았다. 나아가 후원회장의 오더와도 빗나가지 않았다. 조선시대 왕들의 술은 주로 풍한사기를 잡고 혈맥을 돌보기 위한 약술이 많았던 것이다.

안주는 독도새우 네 마리를 집어 궁중대하찜으로 쪄냈다. 거기에, 말린 근과류와 과일을 접시에 담아내니 그럴듯한 차림이 되었다.

하지만 후원회장의 반응은 아주 달랐다.

"뭐야? 이게 서비스야?"

"예."

"고작 새우 몇 마리에 과일 말린 거?"

"그냥 새우가 아니고 독도새우입니다."

"독도새우건 베트남 새우건 새우는 새우지. 게다가 고작 네 마리? 이걸 누구 입에 붙이라고?"

"······."

"술도 꼴랑 모과주?"

"모과는 조선왕실에서 약술용으로 많이 쓰던 한약재입니다."

민규가 차분히 응대를 했다.

"무슨 소리야? 저 위 차 약선방에서는 녹용주가 왕실 술이라던데?"

차 약선방.

결국 그 얘기가 나왔다.

"이걸 보시면……."

별수 없이 검색 자료를 내밀었다. 조선왕조실록이었다. 민규의 말과 일치하는 자료가 있었다.

"알았어. 대신 다음 요리는 신경 써서 가져오라고."

후원회장의 미간이 바짝 구겨졌다.

상차림이 시작되었다. 두 손님의 상지수창은 토형과 상화형이었다. 다행히 수라상의 음식과 크게 배치되지 않았다. 토형을 위한 숭어가 있고 삼초형을 위한 꿩고기가 있었으니 반주의 안주도 해결될 일이었다.

밥은 팥물밥으로 정했다. 이 또한 다른 밥이 떠올랐지만 원전에 따랐다.

톡!

한 방울씩 더한 건 요수와 방제수였다. 방제수는 마음의 안정을 가져오는 초자연수. 진상 손님이라고 해서 취탕이나 동기상한을 떨굴 수는 없는 일이었다.

자글자글!

숯불에 세 가지 고기를 구우며 잡념도 함께 구워냈다. 노릇하게 구워진 고기 냄새가 민규를 행복하게 만들었다.

'완벽해.'

손님용만 아니라면 한 점 입에 넣고 싶은 민규였다.

하지만, 이번에도 손님들의 반응은 다르게 나타났다. 수라
상이 들어갔을 때였다. 민규가 재현한 건 정조의 수라상. 그럼
에도 불구하고 후원회장과 의장의 표정은 마치 하인 밥상이라
도 받은 듯 격하게 구겨지고 있었다.

"야!"

그 인상이 전격 목소리로 표출되었다. 이번에도 후원회장이
었다.

야!

저렴한 호칭까지 나왔다. 그는 계속 폭주해 나갔다.

"너 지금 장난해? 이게 임금의 수라상이야?"

후원회장이 팥물밥을 들었다 놓았다. 민규가 차려낸 건 7첩
반상이었다. 구성을 보면 팥물밥을 시작으로 정갈하게 끓여낸
배춧국을 곁들였고, 김치에 이어 갈비, 숭어, 꿩다리구이 세트
의 접시를 냈다. 거기에 게장, 간장, 겨자의 세 가지 장을 놓고
숭어잠장을 놓는 것으로 상차림을 맞췄다. 정성을 다했지만
화려하지는 않았다. 척 보면 그저 국과 김치에 고기 몇 점 구
워놓은 꼴이었다.

"수라상 맞습니다만."

"아, 진짜 저 위 집으로 가려다가 잘한다기에 의장님까지 모

시고 왔더니 열받게 만드네. 조선시대 왕들이 이따위 밥을 먹었단 말이야? 엉?"

후원회장은 결국 눈까지 부라렸다.

"어이!"

의장도 가세하고 나왔다.

"젊은 친구가 돈독 올랐어? 내가 행정복지위원회 전문 출신인데 이러면 곤란해."

대놓고 협박이다.

"죄송하지만……."

"허어, 지금 누가 말씀하시는데 말대꾸야? 이분이 의장님이시라고."

후원회장이 테이블을 후려쳤다.

"죄송하지만 요리를 하는 데 신분을 고려하지는 않습니다. 하지만 이 요리는 위대한 왕의 한 사람으로 꼽히는 정조대왕의 수라상이 틀림없으며 두 분을 왕으로 생각하고 체질에 맞춰 최선을 다한 요리입니다."

민규가 설명을 이었다. 요리만큼은 부끄러울 게 없는 까닭이었다.

"아니, 그런데 이 친구가 간덩이가 부었나? 의장님이 그렇다면 그런 줄 아는 거지 어디서 궤변이야? 가서 다시 차려와. 영화나 드라마처럼 휘황찬란하게 말이야!"

후원회장이 삿대질이 날아왔다.

"형."

눈치 빠른 종규가 요리서를 가져왔다. 민규가 원하는 그 페이지가 펼쳐져 있었다. 그걸 그대로 후원회장 앞에 내밀었다.

"조선시대 요리 전문가의 책입니다. 드라마에서는 모르지만 정조대왕의 7첩 반상은 이 상과 다르지 않습니다. 다른 요리를 원하신다면 바꿔 드리겠습니다만 수라상은 역사적인 기록에 따랐으므로 달리 차릴 재주가 없습니다."

"……!"

자료를 본 후원회장의 기세가 꺾였다.

"어디 좀 보자고."

의장이 손을 내밀었다.

"……!"

그 역시 말문이 닫혔다. 책은 조선시대 음식 문화의 최고 권위자가 쓴 것이었다. 그 아래로는 조선의 왕들은 검박한 식사를 즐겼다는 말까지 주석으로 달렸다. 그것도 모자라 영조는 찬을 줄였다는 기록도 있었다. 정조와 영조는 허접한 왕이 아닌 사람들. 당혹감에 얼굴만 달아오른 두 사람, 큼큼, 헛기침으로 면피를 대신하고 있었다.

"보기에는 소박한 상차림이지만 음양의 조화를 갖춘 음식입니다. 세 가지 고기 또한 땅의 육류를 대표하는 소고기에, 조선시대 궁중요리에 많이 이용되던 바다의 숭어, 하늘을 나는 고기 중에 상급으로 꼽히는 꿩의 고기를 더해 차린 상입니다. 이는 하늘과 바다, 땅의 기를 모두 담았으니 산해진미의 대표라 왕의 식사로 부족함이 없다는 요리 전문가들의 평가를 받고 있습니다."

"하늘과 바다와 땅의 기?"

의장이 퉁명스레 물었다.

"예."

"어허, 그럼 그렇다고 진작 설명을 했어야지? 우린 또 좋은 자리에 초를 치나 했잖나?"

"……."

"알았으니까 나가보게."

"알겠습니다."

민규가 물러났다. 문이 닫기자 의장의 목소리가 이어졌다.

"허허, 아주 갖다 붙이면 말이구만."

"그러게 말입니다. 저 친구, 젊은 놈이 아주 싸가지가 없는데요? 제가 위생과 직원들에게 점검 한번 제대로 하라고 전화할까요?"

"어쩌겠습니까? 정조의 수라상이라니 그냥 먹죠? 다음 스케줄도 바쁘고……."

"죄송합니다. 여기가 좋다는 말만 듣고 예약을 했더니……."

꼴꼴!

술 따르는 소리가 들렸다.

"어이, 여기 술 더 가져와."

고함이 따라 나왔다.

"아, 진짜 진상질 한번 어마무시하네?"

종규가 거듭 볼멘소리를 냈다.

"참아라. 이런 사람도 있고 저런 사람도 있는 거지."

"목소리 녹음해서 유티비에 뿌려 버릴까? 저런 인간이 구청장 되고 국회의원 되면 난리 나겠네."

"됐다. 셰프는 손님 등 안 친다."

민규가 웃었다. 그건 전생 경험의 공유였다. 그 옛날, 식의와 대령숙수들이 그랬다. 음식 하나로 목이 달아날 수도 있었다. 시대가 변했다지만 밥상을 받는 손님들은 여전히 갑이었다. 이만한 일을 감당하지 못해서야 큰 셰프가 될 수 없었다.

"갑질이 너무 심하니까 그렇지."

"아직 식사 전이잖아."

식사 전.

민규는 그 말에 기대를 걸었다.

"재희야, 술 좀 가져다 드려라. 난 다른 상 준비해야 해서."

지시를 남긴 민규가 주방으로 향했다.

갑질은 오래 지속되었다. 음양을 맞춰준 정성은 생각지도 않고 편식을 해댔다. 세 고기 중에서 숭어는 싼 고기라며 손도 대지 않았다. 팥물밥도 겨우 손만 대고 말았다. 두 사람이 먹어댄 건 꿩고기와 약술이었다. 거나하게 취기가 돈 다음에도 마지막 진상 내공이 발현되었다.

"뭐가 그렇게 비싸?"

카드를 내민 후원회장이 눈을 부라렸다.

"……."

"DC 없어?"

"……."

"좋아. 그럼 현금 낼 테니까 얼마 빼줄래?"

"죄송합니다. 저희 가게는 좋은 재료만 쓰기 때문에 정해진 가격에서 할인은 곤란합니다."

민규가 답했다. 변색된 한복의 할머니였다면 돈을 안 받을 수도 있었다. 하지만 돈 많은 인간들이 쥐꼬리만 한 권력을 앞세워 협박을 해오니 깎아줄 생각은 콧털만큼도 없었다.

"이 친구 진짜 답 없네? 이분이 여기 의회 의장님이라고. 여기저기 오라는 데 많아도 안 가시고 여기로 오신 의장님. 그럼 그 은혜에 상응하는 성의를 보여야 할 거 아냐?"

"대리 불러 드릴까요?"

취기가 오른 진상 손님. 더 상대할 수도 없어 화제를 돌렸다.

"대리? 야, 너 우리 의장님 술 취한 줄 알아?"

"……."

"그리고 여긴 우리 의장님 나와바리야. 이 동네서 소주 한 짝을 마시고 운전해도 우리 의장님 건드릴 사람 없다고!"

후원회장이 핏대를 올릴 때 김순애 여사의 세단이 도착했다. 세단 뒤에는 또 한 대의 차량이 있었다.

"어!"

그 차를 본 후원회장의 얼굴이 하얗게 질려 버렸다. 의장의 표정도 그랬다.

"주 의원님!"

의장은 단숨에 달려가 허리를 접었다. 후원회장도 그 옆에 도착해 세트로 허리를 조아렸다.

"헐, 눈 뜨고 못 봐주겠네."

그걸 본 종규가 코웃음을 터뜨렸다. 강자에 약하고 약자에 강한 전형적인 저질들.

김순애와 함께 온 사람은 바로 그들의 생사여탈권을 쥐고 있는 지역구 국회의원이었다. 뿐만 아니라 차기 대권 물망이다. 구의원하고는 차원이 다른 사람이었다.

"사모님."

민규가 나와 김순애를 맞았다.

"이 셰프, 인사드려요. 저기 하늘로 여행 간 우리 신랑 친구이자 이 지역 국회의원이신 주용길 의원님."

"안녕하세요?"

"하핫, 우리 제수씨한테 얘기 많이 들었습니다. 대한민국 최고의 약선요리를 하신다기에 염치 불고하고 맛집 감상하러 따라왔습니다."

주용길이 민규의 인사를 받았다. 그 뒤의 두 사람은 아직도 허리도 펴지 못하고 있었다.

"자네들, 점심 먹자는 곳이 여기였나?"

주 의원이 의장을 돌아보았다.

"예."

의장이 답했다.

"여기 셰프께서 굉장한 요리사라네. 우리 지역 명물이 될 것 같으니 일선에 있는 자네가 잘 좀 보살펴 주시게."

"예, 의원님!"

"오늘은 그렇게 되었고… 다음에 다시 여기서 한번 뭉치자고."

"예!"

단답형으로 대답하는 의장은 등골이 서늘해져 있었다. 알고 보니 주 의원과 연관이 있는 것 같은 약선요리집. 뒤가 켕기지 않을 수 없었다.

"오늘 진짜 잘 먹었습니다. 셰프!"

바로 태도를 바꿔 급수습을 하고 차에 올랐다.

"대리 부르셔야죠?"

민규가 권했지만 차는 이미 도로까지 달려간 후였다. 그 잠시 후에 경찰차 한 대가 달려와 그 차를 세웠다.

"형!"

민규 옆에서 종규가 웃었다.

"응?"

"저 경찰차 어디서 왔게?"

"너 설마?"

"맞아. 내가 신고 때렸어. 구의장이면 의회 살림이나 잘 챙기면 되지 어디서 갑질이야? 우리 형을 뭐로 보고."

종규가 생글거렸다.

의장은 음주 측정을 거부하고 뻗댔지만 별수 없었다. 소란이 일자 주용길 의원이 나와본 것이다. 측정 결과, 면허취소 수치가 나왔다. 후원회장 역시 함께 걸렸다. 의장의 음주를 알고도 동승한 죄였다.

'쎔통이다.'

고소한 잣가루를 한입 물고 우물거리는 고소담백미의 극치.

종규와 민규 마음에 들어온 맛이었다.

"오!"

주 의원의 감탄사가 나왔다. 식사에 앞서 내온 말린 근과류 차림 때문이었다. 연근에, 사과, 감자와 비트, 감 등이었지만 천연의 재료와 맛에 놀라는 주 의원이었다.

"전에 인사동 약선과 청담동의 약선요리집에서 먹어보긴 했는데 이쪽이 한결 낫군요."

주 의원이 민규를 보며 웃었다. 주 의원과 김순애의 자리는 방금 전 의장이 앉았던 그 테이블이었다. 인품도 요리와 다르지 않았다. 같은 자리에 앉아도 빛나는 사람은 따로 있었다.

"이건 햇빛 건조를 한 거라 그렇습니다. 대개는 편리를 위해 건조기로 건조를 하거든요."

"오라, 햇빛?"

"버섯 같은 경우도 햇빛 건조를 해야만 맛과 영양이 제대로 활성화되지요. 작은 차이지만 먹거리에서는 큰 차이를 이루게 됩니다."

"허어, 젊은 셰프가 신념이 대단하시군."

"아니면 제가 의원님을 모시겠어요?"

김순애가 목에 힘을 주었다.

"그래, 오늘 저한테 왕의 수라상을 안겨주신다고요?"

주 의원이 김순애를 바라보았다.

"그렇다니까요. 다른 데도 수라상은 차리겠지만 우리 이 셰프에게는 안 되죠."

"흐음, 기대가 크군요."

"이 셰프님, 우리 주 의원님, 나이 먹다 보니 슬슬 기가 빠진다는데 기 빵빵하게 채운 수라상 좀 부탁해요. 약선수라상으로 정기 좀 채워서 훨훨 날아보시게요."

"알겠습니다. 일단 차부터 드시면서 담소하고 계시죠."

민규가 물러났다.

"역시 잔챙이가 요란해. 제대로 된 국회의원은 무게가 있잖아?"

종규 표정에도 미소가 돌았다.

민규가 수라상을 차리기 시작했다. 김순애와 국회의원이라고 특별한 걸 쓰지는 않았다. 팥도 같았고 고기도 같았다. 배추 역시 가장 싱싱하고 잡냄새가 없는 것을 골라 국을 끓였다. 다만 한 가지는 달랐으니 소고기를 궁중설야멱으로 구워낸 것뿐이었다. 그건 국회의원에 대한 특별대우가 아니라 체질 때문이었다. 주 의원의 체질은 火형. 그걸 북돋자면 木형의 지원이 필요했다. 팥이 목형 식재료에 속하지만 그것만으로는 조금 부족했다. 그래서 목형에 좋은 참기름을 더 쓰기 위해 설야멱으로 구워낸 것이다.

"이야, 이게 정조대왕님의 밥상이다 이거로군요."

수라상이 세팅되자 주 의원은 기대를 숨기지 않았다. 같은 요리에 대한 다른 반응. 그건 의장과 후원회장의 편협한 마음 때문이었다. 그들은 처음부터 요리를 의심하고 터무니없는 우대까지 원했다. 그런 마음가짐이니 요리가 탐탁할 리 없었다. 요리는 마음으로 먹는 까닭이었다.

"그러고 보면 우리가 반성할 게 많아요. 음식만 해도 너무 낭비하고 있단 말이지. 지금 웬만한 강남 부잣집들 밥상도 이보다는 몇 배 나을 것이니."

"보기는 소박해도 맛은 강남 부자들 밥상하고 비교가 안 된답니다. 한번 맛을 보면 바로 반하실 거예요."

김순애의 칭찬이 이어졌다.

"하긴 음양오행을 맞춘 식사라고 하셨죠? 그렇다면야 몸에도 좋을 건 확실하군요?"

주 의원이 민규를 바라보았다.

"조상들은 작은 음식 하나도 오행에 맞춰 먹었습니다. 요리로 따지면 한국 요리가 서양보다 더 합리적이라고 할 수 있지요."

"오행이라. 그런데 그게 진짜 필요하기는 한 겁니까?"

"우리 선조들은 기를 중시했습니다. 아직 발병을 하지 않았더라도 기에 문제가 생기면 잠재적인 병으로 보았죠. 그럴 때 오행에 맞춘 식사를 하면 기가 조절되고 치유가 되니 필요하지 않을 수 없습니다. 사실, 옛날 어머니들의 밥상을 들여다보면 다 그렇습니다. 아무렇게나 올린 것 같아도 음양의 궁합이 맞았지요."

"듣고 보니 그런 것도 같군요. 그럼 나도 이 수라상으로 기의 균형이 맞게 되는 겁니까? 슬슬 나이를 먹다 보니 여기저기 잔고장이 많아서……."

"의원님은 체질상 쓴맛, 단내에 바비큐처럼 불내와 그슬린 맛이 어울리는 분입니다. 그러나 비교적 짜게 먹는 습관이 들어 건강을 해치고 있으니 그것만 주의하면 되겠습니다."

"오, 아주 족집게시네."

주 의원의 입이 쩌억 벌어졌다.

"해서 체질을 강화할 수 있도록 간담을 보양하는 식재료를 가미했으니 즐거운 시간 되시기 바랍니다."

설명을 마치고 물러났다. 좋은 설명도 오래하면 잔소리가 될 뿐이었다.

"오, 이 깊은 풍미… 이게 정말 밥만으로 낸 맛이란 말입니까?"

내실에서 주 의원의 감탄이 밀려 나왔다.

"그렇다니까요. 이 셰프는 약선요리 천재예요. 아니, 신이라고 할까요?"

김순애의 칭찬이 이어졌다.

"으음… 고기는 그야말로 맛의 폭발이로군요. 침이 막 저절로… 어이쿠, 죄송합니다. 제수씨."

주 의원은 결국 옥침을 흘리고 말았다. 너비아니에 이어 꿩고기의 맛에서 침을 제어하지 못한 것이다.

"맛있어서 나오는 침이야 어쩌겠어요? 저도 처음에는 실수 좀 했답니다."

"이야, 이 배춧국도 그냥 배춧국이 아닌데요? 개운하면서 적당히 달달한 맛이라니… 진짜 옛날 어머니가 끓여주시던 그 맛 그대로군요."

"그래서 요즘 살맛 난다니까요. 스트레스 좀 받으면 이 셰프를 찾아오거든요. 사실 강남이나 여의도에 비싼 음식점 많지만 거기는 먹을 때만 좋지 돌아서면 위가 부담스러워요. 하지만 우리 이 셰프 요리는 먹고 난 다음이 더 개운하니까요."

"호오, 그 정도입니까?"

"의원님도 특별한 지인 있으면 모시고 오세요. 지갑 비면 제 이름 적어놓고 가시고요."

"아이고, 아닙니다. 이렇게 좋은 곳을 소개해 주셨으니 오늘 식사는 제가 냅니다."

"이미 늦었어요. 제가 벌써 카드를 맡겨놨거든요."

"저런, 이거 또 꼼짝없이 신세 지게 생겼군요?"

"신세는 무슨… 우리 이 셰프에게 품위 있는 손님이나 많이 연결해 주세요. 진짜 혼자만 알기에는 아까운 요리거든요."

"야, 진짜… 이거, 이거… 고기가 입에서 그냥 막 녹아버리네."

주 의원은 눈을 감은 채 헤어나질 못했다. 맛은 먹는 사람의 눈을 보면 알 수 있다. 살며시 풀어지거나 지그시 감아버린다. 그렇게 되면 그 아래의 볼이 살짝 확장된다. 입김까지 뿜어낸다면 통제 불능의 맛. 오늘 주 의원의 표정이 그랬다.

정조대왕의 7첩 반상은 그렇게 비워졌다. 한마디로 초토화였다. 그쯤에서 민규의 서비스가 들어왔다. 접시가 두 개였으니 그 독도새우 각 두 마리씩이었다.

"어머, 이거 독도새우잖아요?"

김순애가 새우를 알아보았다.

"저희 이모부님이 동해에서 해산물을 취급하시는데 개업 축하 겸 올라오시면서 조금 가져왔네요. 원래는 소금 살짝 뿌려서 회로 먹는 게 좋은데 얼음에 재운 지 하루가 지난 바람에 몇 마리 쪄보았습니다. 아직 싱싱하니까 먹을 만할 겁니다."

"허어, 그냥 찜이 아니네?"

주 의원의 시선이 대하찜에 고정되었다. 새우만 달랑 쪄낸 게 아니었다. 새우 몸통 안에 온갖 해초 소가 들었으니 비주얼부터 달랐던 것이다.

"맞습니다. 귀하신 분들이고 귀한 식재료기에 궁중대하찜 형식으로 만들었습니다."

궁중대하찜.

여기 쓴 새우는 커다란 도화새우였다. 등 쪽 내장을 제거하고 배에 긴 칼집을 넣은 뒤에 청주와 볶은 소금, 후추를 뿌렸다. 이 칼질은 좀 특별했다. 껍질을 벗기지 않고 그대로 둔 채, 젓가락을 대면 분리가 되도록 손질을 한 것. 이렇게 하면 새우찜의 존엄을 한결 더 살릴 수 있었다.

이 새우를 찜기에서 5분 정도 찐 후에 해초 데쳐낸 것과 두부를 합쳐 물기를 짜고 새우의 등살을 벌려 소를 채웠다. 다시 찜기에 넣고 5분을 더 쪄주었다. 그 위에 은행편과 잣가루를 뿌렸으니 먹음직스럽기 그지없었다.

"몸통을 잡고 한입에 드시기 바랍니다. 껍질은 저절로 분리되도록 칼집을 넣었습니다."

민규가 먹는 법을 알려주었다. 새우찜의 풍미는 이미 두 사람 입 앞에서 너울거리고 있었다.

"아유, 나는 더 못 참겠네."

김순애가 먼저 새우를 집었다. 커다란 새우가 한입에 들어가니 먹방여신 홍설아 못지않게 복스럽게 보였다.

"어허 드혜요. 마시 아우 끙내줘요."

김순애는 저작과 말을 한꺼번에 하느라 발음조차 챙기지 못했다. 달달하고 쫀득한 새우살에 곁들여지는 해초의 오독한 식감에 넋이 풀린 것이다.

"하아!"

주 의원의 입에서도 맛김이 밀려 나왔다. 코 언저리에서 부서지는 고소한 비명. 둘은 육즙이 떨어질까 입을 막은 채 새우찜에 빠져들었다. 민규가 웃었다. 요리는 공유의 감정이다. 요리사가 만든 요리에 행복해하면 그대로 요리사에게 전해온다. 주 의원의 소탈함과 김순애의 푸근함을 엿보이는 식사에서 민규도 함께 푸근해졌다.

"셰프."

주 의원이 민규를 바라보았다.

"즐거운 식사 되셨는지요?"

"그렇다마다요. 솔직히 삶의 무게에 지쳐가던 중이었는데 빈 연료통을 채운 기분입니다. 어머니가 돌아가신 후로 기댈 데가 없었는데 따뜻한 위로를 받은 느낌이랄까요?"

"고맙습니다."

"사람들이 나를 보고 잊혀가는 잠룡이라고 하는데 이제 다시 봉황의 깃털을 피워보렵니다. 다시 한번 날아봐야겠어요."

"꼭 그러시길 빕니다."

"앞으로 종종 신세를 져야겠어요. 우리 제수씨 없이 오더라도 모르는 척하지 말아주시기 바랍니다."

"별말씀을. 언제든지 환영하겠습니다."

민규가 주 의원의 마음을 접수했다. 마음을 다한 밥상으로 교감하는 순간은 언제나 행복하다. 왕의 치하가 이렇게 뿌듯했을까? 고려의 왕들에게 약선을 바치던 권필의 자부심에 잠시 닿아보는 민규였다.

*　　　*　　　*

하루.

이틀.

뉴욕행 날짜가 다가왔다. 약선 양념과 함께 새우 공부를 했다. 이모부 때문에도 더 그랬다. 아무래도 민규가 대박을 쳐야 이모부의 계약이 유지될 가능성이 높았다.

겁은 나지 않았다. 민규의 두 전생은 왕을 모셨다. 현대사회에서도 요리사는 왕을 모신다. 손님이 왕이기 때문이었다. 그렇다면 뉴욕의 왕들, 까짓것 혼 좀 빼놓으면 그만이었다. 민규는 자신에게 주어진 주술을 신념처럼 믿었다.

吉星照門 貴人相對(길성조문 귀인상대).
陰陽和合 萬物化生(음양화합 만물화생).

하늘은 스스로 돕는 자를 돕는다. 그 말과 함께.

새우!

세계인의 사랑을 듬뿍 받는 식재료다. 많은 사람들이 새우
요리에 열광한다. 요리에 쓰이는 새우는 주로 두 가지로 나뉜
다. 쉬림프와 프론이 그것이다. 생태학적 구분은 좀 어려웠다.
새우 껍질이 층층이 되어 있는 건 프론, 첫 번째 다음의 두 번
째 것이 바깥으로 감싸고 있는 것을 쉬림프라고 한다.

다른 구분법도 있다. 알을 직접 품으면 쉬림프, 알을 낳아
서 떨어뜨리면 프론이다. 어느 것이든 일반인 기준의 구분
은 쉽지 않다. 하지만 쉬운 방법이 있다. 크기로 구분하면
된다. 통상적으로 크기가 크면 프론이라 하고 작은 새우는
쉬림프라고 부른다. '일반 식당'은 이렇게 구분하는 곳이 많
았다.

—피펜의 새우.

—루이스 번하드의 지인들을 위한 약선요리.

며칠 동안 두 가지 주제에 집중했다. 갖가지 새우를 사다
맛을 연구했고 약선요리의 재료도 비축했다. 새우는 종류가
많았다.

우리나라에서 일반적으로 먹는 것만 해도 홍새우, 대하, 블랙타이거, 흰다리새우, 순살새우 등이 꼽혔다. 하나하나 맛을 확인했다. 홍새우는 크기에 비해 식감이 괜찮았다. 블랙타이거는 껍질이 두껍고 퍽퍽했다. 이런 식재료라면 버터를 더한 구이가 제격이었다.

살만 발라 파는 순살새우는 인산염의 첨가 여부가 중요하다. 인산염을 첨가하면 크기가 10%쯤 커지는 풍선 효과가 있어 보기에 좋아 보이는 까닭이었다.

실속을 차리려면 두흉갑장이라는 의미를 알아야 한다. 이는 머리의 눈 뒤에서 몸통이 시작하는 부분까지의 길이를 말한다. 이 두흉갑장이 크면 살이 많이 나올 리 없다. 광어와 도미의 예를 생각하면 간단할 일이다. 도미처럼 머리가 크면 유효 먹거리가 많이 나오지 않는다.

새우 요리는 세계적인 게 많았다.

대표적인 게 태국의 똠양꿍(Tom yum goong)과 스페인의 해물빠에야(Paella)였다. 이들 외에도 감바스 알 하이요, 스캠피와 로제퐁듀 쉬림프를 꼽는다. 최근 한국에서 밥도둑으로 부각되는 새우장 역시 기억에 남을 수 있는 아이템이었다.

하나하나 따라가 보았다. 요리란 습득이자 체험이다. 그 과정 속에서 새로운 맛을 찾기도 한다. 그렇기에 민규는 지상의 모든 물을 탐구하는 이윤처럼, 맛의 원리를 찾는 권필처럼, 혹은 질병에 알맞은 약선을 찾는 정진도처럼 진지하게 임했다.

대표적인 초자연수 둘을 동원해 새우를 요리했다. 피펜이 주고 간 식재료도 함께 이모부의 해초도 함께 동원하게 되었다. 새로 바뀔 해초에 대한 대비였다.

똠양꿍은 '새우를 새콤하게 끓여내다'라는 뜻이다. 매콤, 달콤, 새콤의 세 맛이 조화를 이룬다. 레시피도 초보자처럼 완전하게 재현했다.

[똠양꿍 레시피.]

1) 새우는 등 쪽 내장을 제거하고 깨끗이 씻는다. 꼬리를 남긴 채 껍질을 벗기고 벗겨낸 새우 머리와 껍질은 따로 둔다. 물론 민규는 벽해수를 동원해 씻어냈다.

2) 초고버섯과 방울토마토는 반으로 썰고 갈란가는 편으로 썰어 준비한다.

3) 적량의 냄비에 고춧가루, 고추기름을 두르고 새우 머리와 껍질, 삐까누, 갈란가를 넣고 고소하게 볶다가 물을 붓고 15분쯤 끓인 후에 체에 거른다.

4) 걸러낸 육수에 레몬그라스와 라임 잎사귀, 초고버섯, 방울토마토를 넣고 한소끔 끓인 후 새우와 코코넛밀크를 넣고 새우가 익을 때까지 더 끓여준다.

5) 라임즙과 피시소스로 간을 하고 기호에 따라 팍치를 곁들

여 낸다. 이 과정의 팍치는 한국의 고수로 대신한다.

드디어 완성.

시식 시작.

"으음……."

맛은 시큼털털했다. 그러나 아주 싫지는 않은 맛. 돌아서면 은근히 땡기는 맛이 똠양꿍이다. 그 매력의 포인트가 바로 새우였다. 새우의 맛이 작렬하면서 미각 전체를 커버하는 것이다.

스페인의 빠에야도 함께 진행되었다. 우리나라 볶음밥 버전이다. 그렇기에 똠양꿍보다도 접근성이 좋았다. 이어 화려한 비주얼을 자랑하는 로제퐁듀 쉬림프를 만들고 스캠피를 만들고, 간바스 알 아히료에 이어 새우장에 채소 육수에 탱탱하게 불린 날치알과 재래닭의 계란 노른자를 올려 시식했다.

"아흠."

행복하다.

새우라서 그렇다.

눈 뜨고도 먹고 눈 감고도 먹었다. 코를 막고도 먹고 귀를 막고도 먹었다. 맛은 오감이 느끼는 까닭이었다.

이번에는 피펜의 플랜츠새우 차례였다. 진짜 새우로 만든 요리를 따라갔다. 맛은 대략 비슷하지만 깊이에서 진짜 새우에 미치지 못했다.

새우 맛의 특징을 적은 후에 전화기를 들었다. 전화번호의
주인공은 홍설아였다.

—새우요?

막 녹화가 끝났다는 그녀가 전화를 받았다.

"네, 딱 떠오르는 특징이라면 뭐가 있을까요?"

—새우하면 탱글한 살? 담백한 맛? 달달한 풍미? 김이 모락
거리는 하얀 살의 포근한 식감?

그녀의 답이 끝난 뒤에 메모를 뒤집었다. 민규가 적어둔 단
어들이 나왔다.

붉은색의 식감, 탱글한 살의 매력, 오랜 여운으로 남는 담백한
뒷맛. 더하지도 덜하지도 않아서 질리지 않는 달달한 담미, 흰 살
의 매력?

먹방여신 홍설아와 민규의 답은 닮아 있었다. 많은 사람들
이 새우를 먹는 이유들이었다.

두 새우 맛의 간격을 좁힐 수 있는 결론은 벽해수와 지장수
에 있었다.

해초는 바다에서 왔으니 벽해수를 만나 맛이 증폭되었고
식물성 단백질은 땅에서 왔으므로 지장수로 살아났다. 그 조
화가 완벽할 때 플랜츠새우의 맛은 자연산 새우에 근접하는

것이다.

긴장이 풀리며 깜빡 졸았다. 하지만 오래 자지는 못했다.

"형, 새벽 장 가야지."

종규의 착한 만행(?)이었다. 뉴욕의 거사는 이제 코앞으로 다가와 있었다.

9. To New York

다라랑다랑!

이른 아침, 콩국수 준비를 할 때 이모에게 전화가 왔다.

"이모."

"내가 잠 깨운 거 아니지? 새벽 장 나가느라 일찍 일어나길래."

"괜찮아요. 왜요?"

"오늘 미국 가는 날 아니야?"

"맞아요."

"준비는 다 끝났어?"

"네, 걱정하지 않으셔도 돼요."

"이모부가 말 좀 전하라고 해서."

"말씀하세요."

"이모부 말이, 혹시라도 우리 때문에 비굴하지는 말라고… 미국 쪽 계약 아니어도 한국 거래처 뚫렸으니 걱정없다셔. 그러니 뭐든 네 마음대로 하고 왔으면 좋겠대."

"이모……."

격려를 듣는 순간, 콧등이 시큰해졌다.

"그리고… 차비 조금 송금했어. 많지는 않은데 가서 햄버거라도 사 먹으래."

"이모는, 저 햄버거 안 좋아해요."

"알아. 그래도 이모부 성의니까."

"알았어요. 잘 다녀오겠다고 전해주세요."

전화를 끊었다. 통장을 확인하니 1,000불에 해당하는 금액이 들어와 있었다. 110여만 원이다. 어쩌면 얼마 되지 않는 돈. 그러나 이모부에게는 큰돈일 수도 있는 돈. 그 마음이 민규의 마음과 지갑을 빵빵하게 채우고도 남았다.

즐거운 마음으로 콩국물을 만들었다. 콩을 삶는 건 생각보다 섬세한 과정을 요구한다. 차가운 정화수에 몇 시간 불린 콩. 이 과정에서 탑탑한 맛을 날려야 한다. 다음으로 할 일은 껍질을 벗기는 일이다. 그다음에 삶기에 들어간다. 이 또한 무작정 팔팔 끓여서 되는 일은 아니었다.

조금이라도 덜 삶으면 비린내 강림, 조금 더 삶으면 메주 냄새가 강림한다. 두 냄새를 잡고 콩의 구수함과 은은한 단맛을 내려면… 불질이 콩의 익는 속도와 호흡을 같이 해야 했다. 그 최적은 아궁이였다. 두께가 두툼한 가마솥이었다.

흔히들 말한다.

"옛날 콩 맛이 아니야."

"옛날 콩국수 맛이 안 나."

그 말은 맞았다. 여러 변화 때문이었다. 수입산 콩의 영향을 시작으로 삶는 그릇과 불이 변했다. 예전처럼 콩의 성분을 살살 달래며 우려내는 게 아니라 몰아치듯 속도전으로 삶아서 가루를 내는 '행위'가 된 것이다. 그나마 연탄불을 쓸 때까지는 좀 나았다. 하지만 가스불의 등장으로 편리와 맛을 바꾸게 된 게 현실이었다.

콩 맛의 비밀을 각성했다. 콩은 섬세하게 다뤄야 제맛을 내는 식재료라는 것.

오전 11시 반.

콩국수 단체 손님이 들이닥쳤다. 모두 20명으로 S대학교 동창생 사업가 모임이었다. 재미난 건 그들이 모두 서울 토박이들이라는 것. 토박이라는 정보가 중요한 건 요리법 때문이었다.

콩국수는 대략 서울식과 남쪽지방식으로 나눌 수 있었다. 서울식 콩국수는 시의전서 제법에 충실해 국물이 맑았고 남쪽식은 갈아낸 콩을 거르지 않아서 걸쭉하다.

콩의 식감도 다르지만 중요한 건 먹는 방법이었다. 서울식은 그릇을 들고 후르륵 마셔야 개운하지만 남쪽식은 숟가락으로 떠먹어야만 위아래로 다른 농도가 섞이면서 제맛을 느끼는 까닭이었다.

콩국수 군신좌사의 군(君)은 당연히 콩. 심심산골의 정기를 함빡 머금은 콩을 골랐기에 맛이 제대로 나왔다.

—콩물, 쫄깃한 소면, 오이채 몇 가닥, 흰깨, 볶은 굵은 소금.

재료의 전부였다.

사람들 입맛을 낚시하기 위해 첨가하는 잣이나 호두, 땅콩가루는 섞지 않았다. 콩 맛을 버리기 때문이었다. 동시에 깨국수 두 그릇을 따로 만들었다. 깨국수는 닭육수에 흰깨를 곱게 갈아 섞은 국물에 국수를 말아 먹는다. 옛날, 여름철 양반들의 보양식이었다.

국수는 사기 막사발에 담아냈다. 콩국수는 그게 잘 어울렸다.

"히야, 옛날 어릴 때 먹던 그 맛이야?"

"진짜네. 우리 요즘 콩국수들은 괜히 국물이 뻑뻑해서 제맛이 안 나던데?"

"사발도 그때 분위기인데. 이빨이 살짝 빠지고 낡은 사기 사발이 얼마 만이냐?"

후루룩, 후루룩!

장년의 동창들은 국수 사발을 든 채 국물을 마셔댔다. 더러는 그대로 면발까지 흡입해 버렸다.

호로록, 쭙!

호로록, 뽁!

마지막 가닥이 회오리 춤을 추며 입안으로 들어간다. 그때마다 국수에 묻은 콩국물이 살며시 비산하며 코나 입 주변으로 튀었다. 어릴 때 많이 하던 습관들. 그 사소한 즐거움이 동창들에게는 또 삶의 활력이었다.

"한 그릇 더 주시오."

"나도 추가요."

동창들은 대부분 두 그릇씩 먹어치웠다. 좋은 사람들과의 좋은 식사 시간. 추억과 마주 앉은 시간이다. 세상에 이보다 더 행복한 일은 흔치 않았다.

오후 두 시.

탑차가 시동을 걸었다. 운전자는 역시 종규였다.

"셰프님, 이거요."

짐을 챙길 때 재희가 봉투를 내밀었다.

"뭐야?"

"제 성의예요."

봉투는 돈이었다. 100달러 두 장이 들어 있었다.

"무슨 소리야? 내가 재희 사장이자 셰프인데, 받을 수 없어."

민규가 손사래를 쳤다. 민규를 도우러 왔다지만 민규의 제자이자, 알바인 상황. 돈을 받는다는 건 있을 수 없었다.

"안 돼요. 제 마음이라니까요."

재희는 막무가내다.

"재희야."

"저 셰프님 덕분에 이렇게 행복하게 살잖아요? 그래서 셰프님에게 뭔가 작은 도움이라도 되고 싶어요. 저는 셰프님에게 성의도 표시하면 안 는 사람이에요?"

재희는 물러설 기세가 아니었다.

"형, 쫌 받아라. 재희 성의라는데……."

종규까지 가세를 해왔다.

"야, 너는 누구 편을 드는 거야?"

"헤헷, 사실은 나도 형한테 봉투 주고 싶은데 돈이 없잖아. 재희 마음이나 내 마음이나 다 똑같아."

종규가 익살을 부렸다. 하지만 목소리는 메어 있다. 이 자식, 농담이 아니고 진심이다. 돈이 없다는 것도 주지의 팩트였다. 그러고 보니 뜨끔했다. 개업 후에 바빴다. 종규도 덩달아 바빴다. 하지만 동생이라는 이유로 한 번도 돈을 챙겨준 적이 없었다.

'젠장!'

가슴이 확 미어왔다. 종규는 이제 환자가 아니었다. 혈기왕성한 21살이다. 아무리 식당 일을 돕고 있다지만 어째 돈 쓸 일이 없을까?

"재희야, 나 좀 보자."

재희를 주방으로 잡아끌었다.

"이 봉투 내가 받는다."

"고마워요, 셰프님."

재희가 반색을 했다.

"그 대신 말이지……."

민규가 그녀 귀에 속삭였다.

"잘 다녀와."

출국수속이 끝나자 종규가 커피를 내밀었다.

"먹고 힘내라고?"

"응."

"짜식, 나 없는 동안 괜히 애쓰지 말고 푹 쉬어라. 친구들도
좀 만나고."

"내 걱정은 마."

"다녀올게."

"응."

민규가 종규를 품으로 당겼다.

"종규야."

종규를 품은 채 가만히 속삭였다.

"응?"

형은 니가 있어 행복해. 세상에 하나뿐인 내 동생.

쑥스럽게 그런 말은 하지 않았다. 하지만 지금 민규의 심장
이 말하고 있었다.

심쿵심쿵.

알지?

심장이 묻는 것 같았다.

심쿵심쿵.

종규의 심장이 같은 박동으로 대답했다.

알아.

"형!"

출국장으로 들어설 때 종규가 소리쳤다. 여권과 탑승권을 제시하던 민규가 돌아보았다.

"파이팅!"

종규가 주먹을 쥐어 보였다. 힘껏 손을 들어 그 염원을 받았다.

100만 원.

재희에게 맡긴 돈이었다. 종규가 초빛으로 돌아가면 전해 받을 것이다. 아까 못한 말은 메모로 적어놓았다. 민규로서는 처음으로 주는 큰 용돈이었다. 그동안 개고생했으니 받을 자격이 있는 종규였다.

종규야!

보안 검색을 마치고 입구를 돌아보았다.

21살 빛나는 네 청춘.

열흘 남짓이지만 즐겁게 누려봐.

여행을 하든 여자를 만나든.

네가 즐거운 만큼 형도 잘하고 있을 거야.

뉴욕은 내가 뒤집어놓고 올게.

그 말을 끝으로 탑승구로 걸었다. 어찌나 당당한지 세 전생도 함께 걷는 것만 같았다.

좌석은 구리지 않았다. 일등석은 아니지만 이코노미도 아니었다. 피펜의 배려였다. 뉴욕까지는 무려 10시간 이상의 비행. 그 여정도 그리 지루하지 않았다. 첫째는 뉴욕에서의 할 일들 때문이었고, 둘째는 뉴욕 자체였다. 세계 2대 미식 도시로 불리는 뉴욕이었다. 젊고 활기찬 셰프들이 득실거리는 뉴욕. 꼭 한 번은 보고 싶은 도시였던 것이다. 마지막은 종규 때문이었다. USB에 요리 영화를 잔뜩 받아주었다. 그것만 다 봐도 지구를 돌 정도였다.

하지만 비행기도 사람 사는 공간이었다. 첫 식사가 나올 때쯤 돌연 비행기가 흔들렸다. 이후에 뒤쪽 일반석 첫 좌석에서 고함이 나왔다. 중국인 승객이었다.

워러, 워러, 워러!

물이 문제가 된 모양이었다. 스튜어디스들이 분주하게 오갔다. 사무장이 불려오고 여러 물이 운반되었다. 그때마다 승객의 목청이 높아졌다. 민규의 좌석과는 커텐 한 장 차이였기에 소란이 고스란히 들렸다.

승객은 꼭지가 돌아 있었다. 발단은 좌석이었다. 이 손님은 이 항공사의 VIP급 이용자였다. 하지만 급한 일정으로 1등석과 프레스티지 좌석을 확보하지 못했다. 별수 없이 일반석 첫 줄 좌석을 받으면서 옵션을 걸었다. 옆 좌석을 비워 쾌적하게 갈 수 있게 해달라고 요청한 것.

이 요청이 어긋나 버렸다. 탑승 때부터 기분이 상한 그의 뇌관에 물이 기폭제가 되었다. 그는 특별한 생수를 신청해 두었다. 바로 영국 최고의 생수로 꼽히는 '볼빅'. 그런데 항공사 측의 실수가 있었으니 볼빅이 딱 한 병만 실린 것이다. 설상가상, 그 물을 서비스할 때 비행기가 흔들려 땅에 떨구고 말았다. 물이 절반이나 쏟아졌다. 이제 이 비행기에 볼빅은 없었다.

거푸 실수를 한 항공사 측. 손님의 항의에 대처하지 못했다. 덕분에 소란은 온전히 주변 승객들의 몫이 되고 있었다.

"볼빅 가져오라고. 나는 다른 허접한 물은 못 마셔!"

승객의 칼각은 무뎌지지 않았다. 그 기세에 놀란 가까운 자리의 두 살 아이가 울었다.

"저기요."

분주한 사무장을 민규가 잡아 세웠다. 모두를 위해 잠시 궁리를 해보려는 민규였다.

"볼빅 말입니다. 물병 좀 볼 수 있을까요?"

민규가 요청하자 물병이 전달되었다. 바닥에 떨어졌던 물병에는 약간의 물이 남아 있었다. 그걸 잔에 따라 맛을 보았다. 미네랄이 풍부한 물이었다.

'초자연수 중에서는……'

정화수와 요수의 구성과 비슷했다. 거기에 반천하수 한 방울을 더 하면……

싱크로율 99%.

"컵하고 물 한 병 더 주시겠어요?"

민규가 요청을 했다. 그런 다음에 물을 흔들고 섞는 퍼포먼스를 보인 끝에 사무장에게 시음을 권했다.

"맛이 어때요?"

"와, 우리 생수보다 물맛이 좋아졌는데요?"

"저는 셰프입니다. 물 요리를 할 줄 아는데 그걸 마셔보라고 하세요. 아마 저 승객 입맛에 맞을 겁니다."

"선생님."

"밑질 거 없잖아요? 그렇다고 여기서 볼빅을 택배로 주문할수도 없을 테고?"

"알겠습니다."

이미 물맛을 체험한 사무장, 그 물을 들고 모험에 나섰다.

"볼빅에 가장 가까운 물입니다."

사무장이 중국 승객 황징위에게 물을 권했다.

"볼빅에 가깝다고?"

"예."

"무슨 헛소리야? 볼빅이면 볼빅이지 볼빅에 가깝다니. 내가물맛도 구분 못하는 줄 알아?"

"일단 맛을 보시면……."

사무장이 고개를 숙이자 승객이 물 잔을 가로챘다. 그는 담요를 세 장이나 배에 두르고 있었다.

꼴깍!

찔끔 물맛을 본 승객 황징위, 핏대를 올리려던 동작을 멈췄다. 물맛을 신중하게 음미한 그가 한 모금을 더 들이켰다.

"응?"

황징위의 고개가 갸웃 돌아갔다. 자신이 마시던 물보다 더나았다.

"당신들……."

승객이 사무장을 바라보며 말을 이었다.

"이거 미네랄이 살아 있잖아? 좋은 물 있으면서 서비스가왜 이 모양이야? 이게 바로 내가 찾던 생수라고."

황징위의 표정이 환하게 펴졌다. 사무장과 스튜어디스들의표정도 덩달아 환해졌다. 마무리는 두 살 아이였다. 방제수를소환한 물로 마음을 안정시켰다. 물을 마신 은발의 아이가 샐룩 웃었다. 소란의 끝이었다.

다만 민규의 수고는 몇 번 정도 더 반복되었다. 황징위가 시시때때로 물을 요청한 까닭이었다. 세 번째는 스튜어디스를 앞세워 민규에게 올 정도였다. 귀찮지만 두 번 더 수고를 했다.

"땡큐, 써!"

황징위가 정중한 감사를 전해왔다.

순간, 민규 뇌리에 엄청난 충격이 가해왔다. 구름 사이의 벼락이 민규 머리를 뚫는 충격이었다.

'어억!'

비명도 지르지 못하고 숨을 멈추었다. 아련한 기억 속으로 먼 전음이 들려왔다.

[운명 수정 시스템입니다.]
[부가적인 조건을 충족했으므로 전생의 추가 능력이 허용됩니다.]
[제1생 이윤의 요리 필살기 능력을 받습니다.]
[제2생 권필의 궁중요리 필살기 능력을 받습니다.]
[제3생 정진도의 약선 필살기 능력을 받습니다.]
[필살기는 이 순간 이후로 유효합니다. 페널티나 옵션은 없습니다.]

필살기…….
그 단어와 함께 정진도가 등장했다. 그의 한의원이 보였다. 그가 약선요리를 하고 있었다. 식재료들이 독특했다. 좁쌀보다 더 작은 들풀들의 씨앗이 보였다. 이제는 먹거리 품목에서 사라진 야생초들도 보였다. 작아서 아름답던, 가난한 민초들에게 약이자 정기의 보물이었던 야생초들… 정진도는 온갖 야생초로 빛나는 약선을 빚어냈다. 좋은 식재료만 생각하던 민규에게는 대반전이자 새로운 세상의 구현이었다.

천박 재료 진미승화법.

정진도의 자리에 남은 글자였다.

제2생 권필의 필살기는 차라리 눈이 부셨다. 그의 필살기는 뼈 적출과 씨 적출이었다. 닭이 보였다. 몸통의 관절 부위를 톡톡 건드린다. 그런 다음 바늘로 작은 구멍을 내고 흔들면 즙이 나오듯 닭뼈가 우수수 쏟아졌다. 외형에 아무 흔적도 없이 뼈만 적출해 내는 절기였다.

'환상?'

차마 믿기지 않았지만 숭어와 붕어를 보니 그렇지도 않았다. 그것들 역시 권필이 머리를 잡고 흔들자 뼈를 쏟아냈다. 붕어는 상처 하나 없었다. 복숭아와 참외, 감 등의 과일도 그랬다. 톡톡 치고 흔들면 씨가 나왔다. 그래도 외양은 멀쩡…
그가 사라진 자리에도 글자가 남았다.

묘술 발골발종(發骨發種)법.

묘술 발골발종. 신묘한 술법으로 뼈를 바르고 씨를 바른다는 말. 글자대로 가히 도술이 분명했다. 그런데 권필이 사라진 자리에는 또 다른 흔적이 있었다. 龍(용) 자 위에 놓인 커다란 지렁이와 鳳(봉) 자 위에 놓인 이상한 닭발. 그 아래 쓰여진 글자는 '영물(靈物)대치신법'. 하지만 그것 외에는 아무 언질도 없었다.

'권필이 배우다 만 것인가?'

민규의 고개가 갸웃 기울었다.

제1생 이윤의 필살기는 더욱 찬란했다. 그의 필살기는 한식 재료에 다른 식재료를 입히기, 맛을 스며들게 하는 게 아니라 표면층에 덧입히는 것. 요즘으로 치면 코팅이었다.

금박 넣은 물에 오리를 넣자 오리 표면에 금박이 씌워졌다. 접시에 담아내니 황금오리가 되었고 황금백숙이 되었다. 금박만이 아니라 어떤 표면처리도 가능했다. 얇게 저민 소고기를 물에 띄우고 국수를 한 가닥씩 넣으면 면발이 소고기살 옷을 입는 식. 투명한 양갱 등에 온갖 투명을 입히는 것도 문제없었다. 종잇장처럼 얇은 중첩도 가능한 까닭이었다.

도금처럼 담갔다 꺼내기.

대상물을 끼얹어 씌우기.

증기보를 덮어 포막 입히기.

세 가지 진기가 시전되었다. 그야말로 신기였다.

이윤이 물을 가리켰다. 민규가 물을 보았다. 물은 반천하수였다. 민규가 알아차리자 이윤의 환상은 순식간에 사라져 버렸다.

상지수 중첩포막(包膜)법.

이윤의 자리에는 이윤 대신 그의 필살기법이 반짝거렸다.

"선생님."

멍한 귓전으로 사무장의 목소리가 들렸다.

"너무 고마워서요."

최고급 와인과 과일 서비스였다. 다른 승무원들의 친절은 국빈급으로 높아졌다.

'필살기……'

와인잔을 보며 생각했다.

흠 없이 뼈 추리기와 씨 추리기, 그리고 재료 표면에 다른 식재료나 맛 덧씌우기……

가능할까?

궁금증 때문에 애만 타는 민규였다.

*   *   *

"셰엡!"

입국장으로 나오자 피펜이 두 손을 흔들었다. 그는 여직원 케이티를 동반하고 있었다.

"오시느라 고생 많았습니다. 여긴 저와 일하는 케이티입니다."

피펜이 여직원을 소개했다. 그때 항공기 승무원들이 민규에게 인사를 하고 지나갔다.

"무슨 일이 있었습니까?"

피펜이 물었다.

"아, 예… 기내에서 물 서비스를 좀 해드렸더니……"

"물 서비스요?"

"별거 아닙니다."

민규가 웃었다. 시시콜콜 이야기할 일도 아니었다.

"저희 쪽 준비는 끝났습니다. 초청자들 초대 작업도 끝났고 해초를 교체한 새우 제품도 준비해 두었습니다. 먼 비행과 시차로 피곤하실 테니 오늘은 쉬시고 내일 오후에 저희 연구실 주방을 돌아보시는 게 어떻겠습니까?"

"연구실이 멉니까?"

"아닙니다. 호텔 가는 길에서 조금만 틀면 됩니다. 아, 호텔 주방은 제가 따로 얘기해 두었으니 셰프의 주방처럼 써도 됩니다."

"고맙습니다. 그럼 일단 연구실 주방부터 보죠. 새 제품도요."

"너무 무리하시면……."

"주방을 보고 동선을 봐야 요리 구상에 좋습니다. 오래 걸릴 일도 아닙니다."

"그러면 제가 회사에 연락을 취하겠습니다."

피펜이 전화기를 들었다.

차창으로 뉴욕이 지나갔다. 미식가들의 성지 중 하나인 뉴욕. 막상 뉴욕에 도착하니 생각나는 이름이 하나 있었다.

천명화 화백.

그녀의 주 무대였다. 기회가 나면 그녀 작품을 주관하는 갤러리에 들러 다른 작품도 한번 봐야겠다는 생각이 들었다. 민규의 초빛약선, 그녀의 도움이 컸기 때문이다.

차는 곧 목적지에 닿았다. 뉴욕 식당가에서 멀지 않은 곳이었다.

"이쪽입니다."

케이티가 길 안내를 맡았다. 피펜과 함께 그녀의 뒤를 따랐다.

OS Food.

엘리베이터에서 나오자 작은 현판 하나가 나타났다. 케이티
가 복도를 가리켰다. 안으로 들어서자 두 명의 연구원이 인사
를 해왔다. 피펜이 그들을 소개했다. 식품공학자와 생물학자
등으로 플랜츠새우 개발의 핵심 두뇌들이었다. 그들과 함께
작은 문 앞에서 멈췄다. 자동문이었다. 저절로 열렸다.

"여깁니다."

케이티가 실내를 가리켰다.

"……!"

민규의 시선이 정지되었다.

주방.

주방은 주방이었다. 요리할 수 있는 시설이 완비된 것이다.
오븐부터 찜통, 각종 추출기, 수많은 팬, 수많은 압력 용기까
지… 마치 세상의 요리 기구 전부를 모아놓은 듯한 포스였다.

"저희 연구실에 딸린 주방이자 실험실입니다. 새우 맛에 가
까운 맛을 구현하기 위해 거의 매일 요리를 하지요. 게스트들
은 이 요리대 앞쪽으로 개별 테이블에 앉게 될 겁니다. 모두

열 테이블이 될 것 같습니다만."

설명하던 피펜이 프라모델을 집어 들었다. 그 또한 새우였다. 돌아보니 한쪽 벽의 중간 지점은 새우 수족관이었다. 공간으로 구분된 수족관 안에는 진짜 새우들이 유영하고 있었다. 다른 쪽에 설치된 수족관에는 진짜 새우가 가득했다. 요리용이었다. 실험새우와의 맛 비교를 위한 새우들······.

"굉장하네요."

감탄하지 않을 수 없는 환경이었다.

"여길 보시죠."

그가 입구 쪽 벽을 가리켰다. 거기 셰프들의 사진이 수십장 걸려 있었다. 젊은 셰프도 있고 노련한 셰프도 있었다.

"이분은 뉴욕에서 별 세 개짜리 새우 전문점을 운영하는 찰리입니다. 장장 22년간 미슐랭 별 세 개를 유지하는 새우 요리의 지존이죠. 플랜츠새우 요리를 위해 이 주방에 처음으로 모셨던 셰프입니다."

피펜이 찰리 사진을 지나쳤다. 그의 요리에 대한 말은 나오지 않았다.

실패.

생략된 말을 알 수 있었다. 그의 요리가 만족스러웠다면 민규가 여기 올 일도 없었을 것이다.

"이분은 일본에서 유명한 토모 셰프."

이번에는 일본인 사진을 가리켰다. 요리하는 모습을 찍은 사진. 한없이 진지해 보였다.

"저희 소망으로는 셰프의 사진이 마지막을 장식해 주기를
바랄 뿐입니다."

피펜이 웃었다. 솔직한 말이 마음에 들었다.

"가져왔습니다."

민규가 주방을 체크하는 사이에 케이티가 돌아왔다. 그녀
가 가져온 건 새로 나온 플랜츠새우 제품이었다.

"한번 보시죠."

피펜이 새우를 쏟아놓았다.

"조금 더 향상되었군요. 식감과 단맛… 그리고 미네랄……."

"……?"

민규의 한마디에 피펜이 소스라쳤다. 척 보고 말한 민규였
지만 그들이 뽑아낸 데이터와 틀림이 없었던 것.

"그걸 그냥 보면 아는 겁니까?"

피펜이 물었다.

"그냥 본 게 아닙니다. 형태와 색감, 재료의 냄새와 원료를
본 거죠."

"……."

"자체 평가는 어떻게 나왔습니까?"

"바꾼 해초가 최적화 수치를 높여주었습니다. 우리가 개발
한 식물성 단백질과 친화력이 높더군요. 지난번 제품이 새우
에 82% 근접했다면 이번 제품은 89.6% 근접했다는 결과가 나

왔습니다."

약 7% 향상.

실험실의 데이터라 해도 대단한 발전이었다.

"따로 시식도 하셨겠군요?"

"물론 그랬습니다."

"어땠던가요?"

"조금 나아지기는 했지만 인식의 벽은 무섭습니다. 블라인드 테스트를 하면 큰 차이가 없이 나오는데 막상 플랜츠 합성 새우라고 알려주면 '어쩐지' 하는 반응이 따라붙더군요."

"그렇군요."

"주방은 어떻습니까? 필요한 게 있으면 말씀만 하십시오. 뭐든지 구비해 두겠습니다."

"초대 손님들은 여기로 모시는 겁니까?"

"예, 여기가 우리의 전장이니 현장에 모시는 게 당연하지요. 너무 근사한 곳으로 초대하면 분위기 맛이었다는 평이 나올 수 있으니까요."

"육탄 승부로군요?"

"그게 제 스타일이거든요."

"그렇다면 최고의 새우를 좀 준비해 주십시오."

"새우라고요?"

피펜의 눈이 휘둥그레졌다.

"예, 새우, 제품과 유사한 크기로 최상급의 새우 말입니다."

"셰프, 혹시 요리로 내시려고?"

"실험하실 때 대조군으로 스탠다드라는 걸 쓰시죠? 새우 역시 진짜 새우 맛을 봐야 제품 새우를 평가할 수 있을 것 아닙니까?"

"셰프……."

피펜의 목소리가 쭉 내려갔다. 맛 비교를 위한 진짜 새우. 피펜에게는 유리할 수 없는 일이었다. 더구나 게스트들은 대개 미식에 일가견이 있는 사람들. 제품 새우 요리만으로도 살 떨리는 판에 자충수가 될 수도 있었다.

"그건 재고해 보심이……."

"육탄 승부라면서요? 그렇다면 전면전이 더 어울립니다."

"……!"

피펜은 대답을 못 했다. 민규의 신념 때문이었다. 그 표정은 피펜이 밀고 들어갈 빈 곳이 없었다.

"전면전이라?"

"설령 실패를 하더라도 그게 더 깔끔하지 않겠습니까? 보기에도 좋고요."

"하핫, 이거 요리만 시원한 줄 알았더니 배포는 더 시원하군요. 제 생각이 짧았습니다. 까짓것, 한번 밀어보죠."

"고맙습니다."

"다 끝났으면 제 방에서 간단하게 커피나 한잔하실까요?"

피펜이 문을 가리켰다. 그의 방은 주방 끝에 자리하고 있었다. 규모도 작았다. 다른 CEO들과는 달리 현장형 경영자였다. 어쩌면 이모부와 잘 맞는 궁합이었다.

쪼르륵!

커피도 피펜이 직접 내렸다. 향이 진해 마음에 들었다.

"뉴욕은 처음이라고 하셨죠?"

피펜이 물었다. 처음보다 소탈한 눈빛이었다.

"예."

"실은 저도 처음입니다."

"예?"

"저는 플로리다의 촌놈이거든요. 어릴 때부터 동경하던 도시이긴 하지요. 특히 맨하탄……."

"예……."

"뉴욕에 처음 오는 길, 어떤 생각을 하셨나요?"

"몇 가지 생각을 했지요. 첫째는 당신의 새우 요리, 둘째는 뉴욕의 식당가… 요리사라면 뉴욕의 식당가를 꿈꾸지 않을 수 없으니까요."

"당신의 꿈도 뉴욕에 자기 식당을 갖는 건가요?"

"그건 아직 생각해 보지 않았습니다."

"그래도 고맙군요. 저와의 비즈니스를 먼저 생각해 주셨다니."

"약선요리의 기본이거든요. 군신좌사라는 게 있는데 중심이 되는 재료가 중요합니다. 그걸 잊어버리면 좋은 약선이 나올 수 없지요."

"저는 새우 좋아하는 딸을 생각했습니다."

"따님이 새우를 좋아하나요?"

"그렇죠. 너무……."

대답하는 피펜의 표정에 우수가 서렸다. 사연이 있는 얼굴이었다.

"우리 딸 엘리아나예요."

피펜이 책상 위의 작은 액자를 가져왔다. 다섯 살쯤 되어 보이는 아이였다.

"귀엽네요."

"당연하죠. 저 하늘의 천사가 되었으니까요."

'천사?'

천사라면 이 세상 사람이 아니었다. 피펜의 눈치도 그런 쪽이었다.

"새우를 너무 좋아하는데 새우 알레르기가 있어 새우를 먹을 수 없었어요. 어쩌다 좋은 식당에 데려가면 다른 아이들이 새우 먹는 걸 보며 침만 삼켰죠."

"……."

"처음에는 그걸 모르고 새우살을 먹였다가 죽을 뻔했던 적도 있었어요."

"그럼 따님 때문에 제품 새우 개발을?"

"그렇습니다. 아이 치료 때문에 병원을 다닐 때, 우리 엘리아나 같은 사람을 많이 봤어요. 갑각류 알레르기 말입니다.

그런 거 상상되세요? 우리 아이는 새우를 먹을 수 없는데 옆 테이블에 기막힌 새우 요리가 나왔을 때, 그때의 심정……."

"마음이 많이 아팠겠군요."

"내 마음 같은 건 상관없지만 딸아이는 상상 이상으로 상처를 받았을 겁니다. 먹고 싶은 걸 못 먹는다는 거, 어쩌면 인격 침해와도 같으니까요."

"그렇군요."

"그때부터 이 새우 개발에 뛰어들었습니다. 이번에 이 셰프가 호평을 이끌어낸다면 나는 셰프의 요리 한 접시를 내 딸에게 바칠 겁니다."

피펜의 시선은 창밖에 있었다. 민규의 새우 요리. 한 접시가 더 필요해지는 순간이었다.

*　　　*　　　*

호텔은 쾌적했다. 피펜의 알선으로 한국에서 가져온 식재료들을 호텔 주방에 보관했다. 객실 냉장고보다 백배 나았다. 호텔 주방은 규모를 제대로 갖췄다. 식재료는 없는 게 없었고 와인과 육류, 어류까지 풀세트로 구비되어 있었다. 주방장 역시 뉴욕 명문 요리학교 CIA를 마치고 파리와 홍콩 등지의 미슐랭 별 두 개 레스토랑에서 10여 년 수련을 마치고 온 실력파였다.

"원하는 식재료는 물론, 언제든 주방을 이용하셔도 됩니다."

그의 응대는 친절했다. 이 호텔의 대표와 주방장이 피펜의 친구인 덕이었다.

샤워를 하고 침대에 누웠다. 잠이 오지 않았다. 억지 잠도 스트레스라 테라스로 나왔다. 머리가 좀 아팠다. 시차라는 거, 장난이 아니었다. 그러다 전생들을 생각하니 피식 선웃음이 났다.

세 전생들.

엄청난 시공을 건너뛰고 민규와 조인트가 되었다. 거기에 비하면 서울과 뉴욕의 시차는 정말이지 새 발의 피였다. 며칠쯤 잠을 못 잔들 대수가 될 일이 아니었다.

"저기요."

일단 과일과 닭, 생선 한 마리씩을 얻었다. 주방 구석에서 실험을 했다. 비행기에서 느꼈던 필살기에 대한 확인이었다.

닭!

관절 전체가 읽혀졌다. 생선도 그랬다. 관절 부위에 구멍을 내고 톡톡, 환상을 따라 시전을 했다.

"……!"

뼈는 쏟아지지 않았다.

'응?'

그냥 꿈이었을까? 민규가 고개를 저었다. 귀에 들린 전음은 분명 인생역전의 운을 안겨준 그 음이었다. 조금 신중하게 관절을 두드렸다. 그리고 다시 한번…….

"……!"

민규, 들고 있던 닭을 놓치고 말았다. 거짓말처럼 뼈가, 우수수 쏟아져 나온 것이다. 생선도 그랬다. 뼈가 나온 생선은 상처 하나 없었다. 믿기지 않아 생선을 잘라보았다. 닭도 썰어 보았다. 뼈는 없었다.

후아아.

숨을 고르며 금박과 색 두르기 필살기를 생각했다. 금이 없으니 당장 해볼 수 없는 게 아쉬웠지만 의심하지 않았다. 제2생의 필살기가 그 증거였다.

'맙소사.'

그 자리에 주저앉고 말았다. 세 전생의 필살기 추가. 꿈이 아니었다.

'고맙습니다.'

과일까지 실험한 민규, 두 손을 모으고 전생들에게 인사를 전했다.

샤워를 마치고 룸서비스를 시켰다. 이제는 플랜츠새우를 해결할 차례였다.

미국 사람들은 칵테일새우를 어떻게 먹을까? 검색으로 보는 것과 현지는 다를 수 있었다. 메뉴에 등재된 칵테일새우 요리 전부를 시켰다.

1) 등을 갈라 구워낸 칵테일새우.

2) 감바스 알 아히료.

3) 버터구이.

4) 튀김.

룸서비스가 가져온 건 네 가지 요리였다.

구운 칵테일새우의 속살이 눈부셨다. 새우는 역시 하얀 속살이 매력이다. 하지만 짝퉁새우는 속살이 없다. 한국에서 갈라보았지만 새우 같은 식감은 나오지 않았다. 짝퉁의 한계였다.

감바스로 시선이 옮겨갔다. 세계적으로 유명한 요리다. 서양에 와서 보니 한국에서 본 것과 감회가 달랐다.

사실 만들기도 쉽다. 새우와 마늘, 올리브유만 있으면 라면 끓이기보다 쉽다고 할 정도였다. 하지만 라면이라고 아무나 끓여서 맛있는 게 아니었다. 재료로 들어간 중간 크기의 새우는 식감이 살아 있었다. 마늘과 고추의 매콤한 풍미도 식욕을 자극했다.

뽀득!

한 마리를 무니 탱글한 식감이 좋았다. 올리브유와 마늘, 거기에 더해진 고추가 고소한 새우 맛을 올려주고 있었다. 옆에는 바게트 빵이 놓였다. 바닥의 오일을 찍으니 거기서도 새우의 풍미가 따라왔다.

네 가지 새우를 번갈아 먹어치웠다. 분위기는 다르지만 새우 맛의 중독성은 한결같았다.

탱글, 담백, 달달, 푸근……

올리브, 버터, 토마토, 와인.

새우의 특징에 더불어 서양인들이 좋아하는 식재료와 매칭

을 시키다 포크를 떨어뜨렸다. 남은 건 나이프와 숟가락. 옆을
보니 망고 셔벗에 꽂힌 대나무 스푼이 보였다. 그걸 뽑아 새
우를 찔렀다. 순간, 온도 차이로 인한 부조화가 느껴졌다.

"……!"

뭔가 영감이 온 민규가 새우 등을 갈라보았다. 머리에 불이
환하게 들어왔다. 어쩌면… 플랜츠새우로도 진짜 새우의 하얀
속살 식감을 보여줄 수 있을 것 같았다.

*   *   *

"셰프!"

시식회 당일, 피펜이 대기실로 들어왔다. 준비를 마친 민규는
거기서 대기 중이었다. 요리복은 한국에서 가져온 것으로 입었
다. 종규가 정성껏 칼각을 잡아준 까닭에 구김도 거의 없었다.

"게스트들이 도착했습니다."

그 말을 들은 민규가 자리에서 일어섰다. 한 손에는 하루
내내 깎아낸 대나무 조각을 들고 있었다. 조각은 아이스바 막
대 크기로 조밀한 세로 줄을 새긴 칼 모양이었다.

"요리복을 입으시니 포스가 제대로 나오는군요. 분위기가
끝내줍니다."

피펜이 엄지를 세워주었다.

"요리가 끝내줘야겠지요."

민규가 화답했다. 요리복은 중요하지만 옷이 요리를 하는
건 아니었다.

"가시죠."

"예."

"아, 그런데 한두 가지 미리 언질을 드릴 게 있습니다."

"말씀하시죠."

"이건 어떻게 생각하실지 모르겠는데 기존의 일본 거래처에
서 사람이 왔습니다."

"일본 거래처요?"

"일본 최고의 해초상 말입니다. 해초 거래선을 바꿨음에도
불구하고 무라카미 대표가 달려왔네요. 일본 해산물 샘플을
가지고 뉴욕 시장 확장차 왔다가 오늘 초대되는 식품 전문가
들과 선이 닿았나 봅니다."

'무라카미?'

민규가 고개를 들었다. 이모부에게 엿을 먹였던 일본의 식
품 회사 료심의 대표였다.

"새우용 해초 거래는 끊었지만 바뀐 해초의 맛을 궁금해
하는 데다 여전히 다른 해산물 재료를 대고 있기에 의견이 필
요한 사람이기도 합니다. 자기가 인연 맺은 제품이라 조건 없
이 돕고 싶어 하는 쿨 가이라 시식 참여를 수락했습니다."

쿨 가이.

하긴 피펜에게는 그럴 수도 있었다. 사람은 상대적이기 때

문이다.

"물론입니다."

민규가 답했다. 그렇잖아도 한 번은 보고 싶은 인간이었다. 얼마나 쿨한지!

"그리고… 중국 쪽에서 한 사람이 왔는데 중국 시장 때문에 초청한 사람입니다. 처음에는 한국에 시장조사차 나갔다고 해서 못 오는 걸로 알았는데 스케줄을 조절해서 참석한다는군요. 문제는 이 사람이 여간해서는 거래선을 트지 않는다는 겁니다. 우리 새우 맛에 반해 중국 쪽 파트너십이 되면 좋은데 그게 아니면 부정적인 의견만 내서 분위기를 망칠 수도……."

"양날의 검이로군요?"

"그렇네요."

"상관없습니다. 저는 요리를 할 뿐이니까요."

민규가 잘라 말했다. 바꿔 말하면 다른 게스트라고 민규 요리에 대해 호의적이라는 보장도 없었다. 그러니 사람을 가릴 이유도 없었다. 더구나 무라카미를 생각하니 중국인 한 명 더 앉히는 게 문제가 될 것 같지도 않았다.

"그럼 나가시죠."

피펜이 문을 가리켰다.

"여러분, 오늘의 시식회를 위해 먼 동양의 코리아에서 날아온 이민규 셰프를 소개합니다."

연구 주방으로 들어선 피펜이 좌중을 향해 민규를 소개했다. 게스트는 모두 열한 명이었다. 테이블도 열한 개였다.

게스트와 일일이 인사를 나누던 민규가 두 번 흠칫거렸다. 첫 번째는 중국인이었다.

"……!"

민규 눈이 휘둥그레졌다. 남자도 그랬다. 그였다. 비행기에서 물 소동을 벌였던 중국인 황징위.

"Oh my God!"

그는 신기하다는 듯이 잡은 손을 놓지 못했다. 까탈스러운 성격까지 어쩌지는 못하겠지만 나쁜 징조는 아니었다.

두 번째는 무라카미였다. 백발이 희끗한 중년의 일본인.

"무라카미 상입니다."

피펜이 소개할 때는 부드럽게 웃더니 민규와 눈이 마주치자 살광이 배어 나왔다.

'너였어?'

무라카미의 눈빛에 담긴 서늘한 칼날.

아마도 해초 거래선 변경에 대한 정보를 들은 눈치였다. 그렇다면 그는 이 시식회에 호의를 가지고 온 게 아니었다.

저격수 등장.

민규 뇌리에 싸아한 단어가 스쳐 갔다.

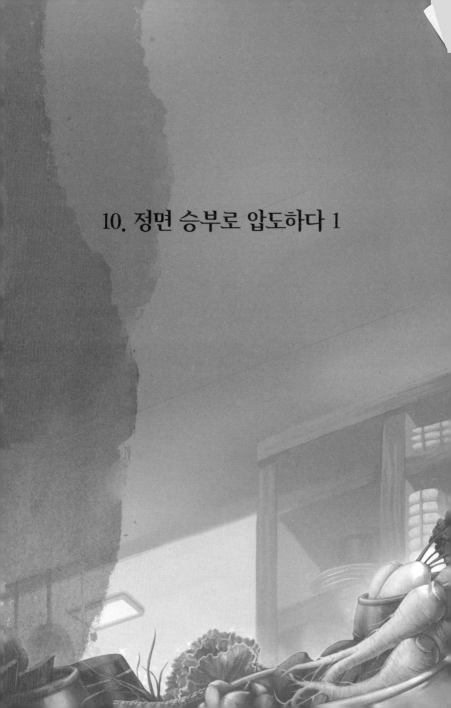

10. 정면 승부로 압도하다 1

　요리평론가, 미식가, 식품연구가, 식품전문 칼럼니스트, 유명 여배우, 유명 유튜버, 파워 블로거, 식품가공학자… 열한 명의 직업은 다양했다. 몇 명의 연구개발자들도 자리를 함께 했다.

　한국 약선요리 전문 셰프.

　한국 최고의 약선요리 대회 대상.

　현재 대한민국 서울에서 개업 중.

　민규의 소개는 세 줄로 끝났다. 그나마 세 줄이나 되어 다행이었다.

　"셰프의 레스토랑은 몇 스타인가요?"

유튜버 제이미가 질문을 날렸다.

"세 개?"

옆자리의 여배우가 바람을 잡았다.

"제 가게는 오픈한 지 얼마 되지 않아 미슐랭의 방문은 받지 않았습니다. 하지만 미슐랭 별 세 개의 마음으로 요리에 매진하고 있습니다."

민규의 답은 담담했다.

"좋아요."

여배우가 짧은 박수로 응원을 보내왔다.

하지만 전체적으로는 실망의 기색이 역력했다. 제품의 본격 출시를 앞둔 회심의 시식회. 하지만 게스트들 입장에서 보면 셰프의 체급이 약했다.

미슐랭의 별을 받은 셰프도, 새우로 유명세를 떨친 기록도 없는 까닭이었다.

보조를 맡은 여직원 둘이 물컵을 세팅했다. 그냥 생수였다. 황징위의 물만 달랐다. 그는 볼빅 생수였다.

"이렇게 자리를 해주신 귀빈들에게 진심 어린 감사를 드립니다. 이미 말씀드린 바와 같이 저희 OS 푸드에서는 새로 보강된 원재료로 새우 맛을 보강한바 기탄없는 소감을 듣고자 시식회를 마련했습니다. 그럼 요리를 진행하도록 하겠습니다."

시작 선언을 한 피펜이 민규를 돌아보았다.

바로 그때······.

"잠깐만요."

식품전문 칼럼니스트로 참가한 엘리자베스가 손을 들고 일어섰다.

"엘리자베스?"

피펜이 그녀를 바라보았다.

"개인적으로 플랜츠새우에 대한 관심이 아주 큽니다. 식물성 단백질과 해초만으로 만든 새우. 진짜 새우의 맛까지 구현한다면 인류의 식생활에 또 하나의 센세이션이 될 식품 혁명이라고 생각합니다."

"······."

좌중은 숨을 죽이며 그녀의 말을 경청했다.

"이렇게 뜻깊은 자리이기에 피펜에게 제의합니다. 오늘의 요리는 오직 플랜츠새우만으로 진행이 되는 것입니까?"

"저는 그럴 생각이었습니다만 우리 셰프께서 진짜 새우 맛과의 대조가 필요하다며 진짜 새우 요리도 함께 준비하신다고 합니다."

"게스트로서는 행복한 말씀이군요. 그렇다면 진짜 새우는 모르겠으되 플랜츠새우에 대해서는 완전하고도 투명한 요리 과정을 요청하는 바입니다."

"무슨 뜻입니까?"

"동양에서 오신 셰프를 의심하는 것은 절대 아니지만 요리 레시피의 공개가 필요하다고 생각합니다. 레시피를 참석자들에게 검증을 받은 후에 진행해 준다면 맛에 대한 평가가 더욱 공정할 것으로 봅니다만."

"......!"

엘리자베스의 제의에 피펜의 미간이 구겨졌다.

전문 칼럼니스트다운 발상이지만 주최 측에게는 피곤한 일이었다.

"플랜츠새우의 맛을 알릴 미식의 전도사로서 합리적인 요청입니다. 수용하시겠습니까?"

그녀의 재촉이 이어졌다.

레시피 검증. 그 말은 곧 요리 기구와 재료 전체를 살펴보겠다는 뜻이었다. 혹시 모를 새우 맛 끼워 넣기 꼼수 같은 걸 차단하겠다는 의도…….

"셰프!"

피펜이 민규를 바라보았다.

"상관없습니다."

민규가 콜을 받았다. 제의가 나왔으니 거부할 수 없었다. 그렇게 되면 괜한 의심을 산다. 게다가 감출 것도 없었다. 어차피 민규의 승부수는 초자연수. 그건 눈으로 보고 말고 할 것이 아니었다.

"확인하시죠."

민규가 식재료를 테이블 위에 올려놓았다. 오늘 선보일 새우 요리는 세 가지였다.

1) 새우 버터구이.
2) 감바스 알 아히료.
3) 새우튀김.

플랜츠새우와 마늘, 붉은 고추, 올리브유에 파슬리, 월계수 잎. 버터, 몇 가지 잎채소, 허브, 튀김가루, 쌀가루, 오일, 레드와인, 레몬, 볶은 녹차소금, 튀김을 위한 두 가지 기본 소스 등이 전부였다.

엘리자베스를 필두로 여배우와 무라카미 등 몇 명의 검증단이 나왔다. 플랜츠새우부터 확인했다. 무라카미의 반응은 굉장히 신중했다.

검증단의 손길은 꼼꼼했다. 마늘과 붉은 고추에 이어 올리브유, 그 기름을 손등에 찍어 병에 찍힌 등급과 맛이 일치하는지 확인했고 볶은 소금과 튀김가루, 쌀가루 역시 맛을 체크했다. 파슬리까지도 그랬다.

다음은 요리에 쓸 식기구였다.

팬과 냄비는 물론이오, 접시와 포크까지도 허투루 지나치지 않았다.

"이건 뭐죠?"

엘리자베스가 작은 대나무 칼을 보며 물었다.

"플랜츠새우를 가를 도구입니다."

"큼큼."

그녀가 대나무 칼의 냄새를 맡았다. 새우 맛이라도 물들인 걸로 알았을까? 하지만 그녀가 맡은 건 대나무의 상긋한 향 뿐이었다.

"됐습니다. 여기 공개된 기구와 재료 외의 추가 재료에 대해서는 추가 확인을 받으시기 바랍니다."

엘리자베스는 쐐기를 박고 자리로 돌아갔다.

"기대되는군요."

이번에는 무라카미의 말이었다. 친절한 미소에 싸아한 한기가 엿보였다.

"그럼 요리를 시작해도 되겠습니까?"

민규가 좌중에게 물었다.

"Yes!"

콜이 나왔다. 그걸 신호로 민규가 칼을 집어 들었다.

뉴욕.

뉴욕이었다.

요리와 식품 분야에서 명사로 꼽히는 엑기스들만 모였다. 민규의 피가 은근 달아올랐다. 동시에 칼럼니스트와 파워 블로거의 카메라가 작동되었다.

시작은 장식과 소품으로 쓸 채소와 레몬이었다. 약하게 틀어놓은 수돗물에서 빠른 시간에 씻었다. 초자연수는 쓰지 않았다.

다음으로 튀김옷을 만들고 새우 손질을 시작했다. 아침에 입항한 새우는 바다 냄새가 그윽했다. 민규의 손이 더듬이에 닿자 펄떡 뛰었다. 그릇을 박차고 도약한 놈을 허공에서 잡아챘다.

톡!

칼등으로 머리를 쳐서 기절시키고 껍질을 벗겼다. 등 쪽 마디에 꼬챙이를 넣어 내장을 제거한 후에 수돗물에서 씻었다. 물기는 바로 제거하고 절반의 새우 등에 칼을 넣어 살을 가른다. 찰진 새우 살이 탱글하게 벌어졌다.

통새우와 등을 가른 새우.

두 새우에 볶은 녹차소금과 미량의 백후추를 뿌렸다. 튀김용 새우는 튀길 준비를 하고 버터구이 새우는 레드와인에 적신 후에 버터를 올려 오븐에 넣었다.

옆자리에는 슬라이스로 썰어낸 레몬을 몇 조각 끼웠다. 노란 레몬 조각을 바짝 구우면 새콤달콤하게 변한다.

먹어도 좋고, 파슬리와 매칭하면 데코레이션으로도 그만이었다.

'버터구이와 튀김 준비는 되었고……'

감바스 재료 차례였다. 마늘을 한 주먹 쥐고 칼의 면에 스냅을 주었다. 톡 치면 마늘이 뭉개졌다. 으스러지는 정도는 모두 같았다. 작업이 끝난 마늘은 칼로 떠서 접시로 옮겼다.

가벼운 스냅 두 번으로 끝이었다. 화려하지 않지만 정갈한 민규의 요리 과정. 게스트들의 관심이 조금씩 쏠리기 시작했다.

팬은 바닥이 두툼한 놈으로 골랐다.

중불에서 센불 사이에 맞추고 버터를 한 조각 떨구었다. 자글자글 고소한 냄새를 풍기자 떼어놓은 새우 머리를 쓸어 넣었다.

새우 머리.

포기할 수 없는 맛의 보물이었다.

그것들이 고소한 냄새를 풍기며 식감을 더해갈 무렵, 본격 요리에 돌입했다.

딸깍!

줄지은 팬에 불을 당겼다.

딸깍, 딸깍!

소리는 무려 여섯 번이나 이어졌다. 소리에 맞춰 올려진 팬도 여섯 개였다. 사람이 열한 명이니 한 팬에 2인분. 마지막 팬만 1인분 구성이었다.

여섯 팬 안으로 올리브유가 뿌려졌다.

선 자리에서 뿌렸지만 팬에 들어간 분량은 균등했다. 중간 화력으로 팬이 달궈지자 으깬 마늘과 월계수잎, 붉은 통고추를 넣었다.

자글자글!

올리브유와 식재료의 합창이 무르익자 불을 낮췄다. 게스트들의 시선은 여섯 팬에 꽂혀 있었다. 아직까지는 감탄보다 관찰에 가까웠다.

이 재료의 맛이 잘 어우러졌을 때 새우를 투하했다. 통새우가 먼저였다.

등을 가른 재료는 약간의 차이를 두고 들어갔다. 등을 갈랐으니 통새우와 익는 시간이 달랐다. 그걸 조절하는 민규였다.

뒤이어 미리 굽던 새우 머리가 추가되었다. 맛덩어리 새우 머리. 과연 그랬다. 아련한 버터 냄새에 올리브유가 닿자 폭발할 듯 맛을 피우기 시작했다.

화력과 새우살의 반응에 맞춰 팬을 흔드는 모습은 한 치의 오차도 없었다.

민규는 이미 완전히, 요리와 한 몸이었다.

팬의 두께.

새우 머리.

새우살 안의 육즙 포화.

민규의 포인트는 세 가지였다. 그것만으로도 충분했다.

1분.

1분 30초.

시계를 보는 건 게스트와 피펜이었다. 민규는 팬에서 올라오는 김을 보고 있었다. 오직 김의 농도만으로 요리의 완성을 가늠하는 민규였다.

1분 45초.

첫 팬을 집어 들었다. 새우 머리를 살며시 골라 열외시키고 접시에 담았다.

팬 안의 감바스는 두 접시로 나눠졌다. 새우 숫자까지 똑같은 분배였다.

"1번 테이블부터 부탁합니다."

민규가 두 보조에게 말했다. 뒤를 이어 두 번째, 세 번째 팬도 꺼냈다. 각각의 팬을 꺼내는 시간 간격은 완전하게 일치했다.

"시식을 부탁드립니다."

바게트 곁들임까지 끝나자 셰프로서 시식을 주관했다. 민규의 1탄은 '진짜 새우' 감바스였다. 탱글생글한 통새우와 하얀 속살을 드러낸 등 가른 새우. 붉은 식감과 고소한 풍미는 보는 사람을 즐겁게 만들었다.

"으음……."

"……!"

"Oh!"

테이블 여기저기서 신음이 새어 나왔다. 초자연수를 동원하지 않았지만 식의와 대령숙수의 감이 있었다. 새우 표면을 재빨리 익혀 육즙을 가뒀던 것이다. 이걸 실패하면 새우는 퍽퍽해진다. 그렇기에 최고는 아닐지라도 꿀릴 요리가 아니었다.

감바스가 비어갈 때쯤 튀김을 내주었다. 하얀 쌀가루를 맞은 튀김이 식욕을 부추겼다.

아삭!

바삭!

청량한 식감이 기가 막혔다. 후우, 후우, 여기저기서 입김 부는 소리가 커졌다. 지켜보던 피펜의 얼굴에서 긴장이 풀리는 게 보였다. 게스트들이 시식에 열중하자 잠시 메인이벤트를 잊는 그였다.

진짜 새우의 마무리는 버터구이가 맡았다. 바삭하게 구워진 레몬 조각을 곁들인 버터구이. 그야말로 담백함과 고소함의 극치에 다름 아니었다.

"새우향이 풍후하군요. 육질과 육즙의 조화 또한 기가 막히고요."

"육질을 제대로 살린 거 같습니다. 탱글하면서도 부드러운 식감이 일품입니다."

호평이 이어졌다.

'뭐야?'

그 와중에도 무라카미의 표정만은 다소 복잡하게 변했다. 그의 심정은 제이미가 대변해 주었다.

"특히 감바스가 인상적입니다. 별 다섯 개 중에 4개는 줄 만하군요. 소량의 버터를 바른 새우 머리 구이를 이용해 새우 맛을 폭발시킨 구성이 마음에 듭니다. 그런데……."

제이미의 소감이 살짝 방향을 틀었다.

"잘 이해가 되지 않는군요. 오늘의 주제는 플랜츠새우 요리
가 아닌가요? 셰프?"

"맞습니다."

민규가 답했다.

"그런데 이렇게 기막힌 진짜 새우 맛을 미각세포에 입력하
게 하면 플랜츠새우 평가에 불리할 텐데요?"

"그럴 수도 있겠네요."

"그런데 왜?"

"전면전이니까요."

"전면전?"

"저기 피펜께서 제게 주문한 말입니다. 감출 것도 보탤 것
도 없다. 다 까고 가자."

"……?"

"그래서 이 새우 제품이 시장에 나갔을 때 주로 쓰일 만한
메뉴를 골라 진짜 새우 요리 먼저 선보인 겁니다. 진짜 새우
로 요리했을 때와 플랜츠새우로 요리했을 때, 진짜 새우의 맛
을 알아야 플랜츠새우 맛을 정확하게 평가할 수 있지 않을까
해서요."

"적어도 꼼수는 부리지 않겠다?"

"부릴 수도 없게 되었군요."

민규가 플랜츠새우 식재료를 가리켰다.

이미 꼼꼼한 검증을 거친 식재료들이 거기 줄지어 있었다.

"그럼 이런 제안은 누가 한 겁니까?"

"제가 했습니다."

민규가 답했다.

"알겠습니다."

제이미의 질문이 끝났다. 그녀는 뭔가를 메모했다. 그사이에도 그녀와 칼럼니스트의 카메라는 계속 돌아가고 있었다.

이제 옆 요리대로 옮긴 민규, 마술사처럼 식재료 전체를 확인시켰다.

문제없죠?

그 표정이었다. 몇몇 게스트가 고개를 끄덕이자 비로소 요리에 돌입. 플랜츠새우로 감바스 알 아히요 만들기. 가짜 새우지만 오늘의 진짜 메인요리가 될 식재료였다.

'군신좌사(君臣佐使).'

새우를 보며 심호흡을 했다. 때로는 가짜가 더 중요한 것도 많다.

조청이 그렇고 골프 스윙이 그렇다. 조청을 떡에 찍으면 군은 떡이지만 조청이 더 빛난다. 골프의 스윙 폼도 그렇다. 폼만으로 치자면 타이거 우즈나 어니 엘스, 짐 퓨릭을 능가하는 것도 가능한 것이다.

민규라고 못할 것도 없었다.

'전생의 명예를 안고……'

민규의 요리가 시작되었다.

『밥도둑 약선요리王』 5권에 계속…